MARIUS
ET LE PEUPLE DE L'ÉTOILE

Roman fantastique
Ecrit par Benoit Mattei

"Chaque lieu et chaque chose en ce monde renferment une part de magie. Il suffit d'ouvrir les yeux et le cœur pour la révéler."

Chapitre 1
L'ORPHELIN

À l'aube, la baie de Lacydon s'éveillait doucement, baignée par la lueur dorée d'un soleil encore timide. Cette ville côtière, aussi splendide que tumultueuse, semblait murmurer avec la mer, comme pour révéler ses secrets aux premiers levés. Sur les eaux calmes, une modeste barque en bois se balançait légèrement, presque imperceptiblement, tandis qu'à son bord, un jeune pêcheur fixait l'horizon. Marius, dix-sept ans, patientait.

Ce matin-là, il espérait, comme chaque jour, que la mer lui offrirait assez de poissons pour ne pas rentrer les mains vides. Le regard rivé sur l'eau, il savait que son avenir ne tenait qu'à ces maigres prises qu'il revendrait sur le port pour quelques pièces.

Orphelin depuis toujours, il avait grandi entre les murs austères d'un orphelinat, dont la porte se refermerait bientôt sur lui. À l'aube de sa majorité, Marius n'était plus qu'un invité encombrant dans cet établissement dédié aux enfants. Il le savait, et cette certitude l'accompagnait dans chacun de ses gestes, chaque coup de rame.

Les heures s'étiraient lentement, et l'impatience commençait à grignoter sa détermination. Le vent léger jouait avec ses cheveux, et le silence n'était troublé que par le clapotis de l'eau contre la coque. Alors qu'il s'apprêtait à renoncer, sa canne à pêche se courba soudainement, animée par une force imprévue. Le cœur de Marius fit un bond. D'un geste rapide, il se jeta vers l'avant, ses doigts frôlant la canne… mais trop tard. Dans une ultime secousse, elle lui échappa, emportée par les profondeurs sous ses yeux écarquillés.

De retour au port, le visage fermé, il posait son maigre seau sur le quai. À l'intérieur, une seule petite sardine, maigre consolation d'une matinée qui s'annonçait désastreuse.

Marius ne put donc rien vendre ce jour-là. Malheureusement, il eut tout juste les moyens de s'acheter une pomme et une bouteille d'eau chez le commerçant ambulant du port, afin de calmer son estomac affamé. Après avoir englouti cette modeste collation, il marcha en direction de l'orphelinat. Le jeune Marius avait toujours été habitué à se débrouiller par ses propres moyens. En effet, il n'avait pas eu la chance de connaître une enfance normale ni de connaître ses parents. Il savait juste qu'il avait été retrouvé dans une grotte sur les hauteurs de la cité, puis confié anonymement à l'orphelinat par un vieil homme.

Sur le chemin, il ressentit l'étrange sentiment d'être observé, comme si quelqu'un le suivait discrètement. Il se retourna à plusieurs reprises, mais ne vit rien. Ce n'était pas la première fois que Marius éprouvait ce sentiment. Pas plus inquiet que d'ordinaire, il poursuivit tout de même son chemin.

Il arriva enfin à l'orphelinat de la Garde, une vieille bâtisse laissée dans son jus telle qu'elle avait été conçue. Elle se composait de deux niveaux avec une cour en son centre. Le bâtiment se trouvait au pied du monument le plus emblématique de la cité, la statue dorée de Notre-Dame.

Marius entra dans le hall principal et salua tous les autres jeunes orphelins, qui étaient ravis de le voir, le considérant comme leur grand frère. En passant devant le directeur qui, malgré ses fonctions, ne semblait pas vraiment aimer les enfants, Marius pressa le pas, car celui-ci voyait d'un mauvais œil qu'un garçon de dix-sept ans logeât encore dans l'établissement. C'était un grand homme très maigre qui ne souriait jamais, personne ne savait vraiment s'il était en colère ou non. Marius fila donc discrètement jusqu'à son lit superposé, situé au milieu d'un dortoir où plusieurs autres orphelins étaient déjà endormis.

Allongé sur son lit, Marius ressassait la journée déprimante qu'il venait de subir. Teddy, son jeune voisin de couchette et meilleur ami à l'orphelinat, vit bien qu'il n'était pas du tout dans son assiette.

- Qu'est-ce qui te tracasse autant Marius ? demanda Teddy.
- Je ne sais pas, je ne suis vraiment pas rassuré quant a mon avenir, rétorqua Marius. Je pense de plus en plus que je suis bon à rien ! Je passe mes journées à essayer de survivre mais je n'arrive même pas à pécher deux pauvres poissons.. Une sardine ! Voila ce que j'ai péché aujourd'hui. Dans quelques semaines, je vais devoir partir d'ici. Je vais me retrouver à dormir dehors si je continue comme ça. C'est surement pour ça qu'on

m'a abandonné. Mes parents ont vu la défaite en moi..

- Écoute Marius, dit Teddy. Personne ne sait les raisons pour lesquelles ils nous arrivent telles ou telles choses, la vie est ainsi mais ce que je peux t'assurer avec certitude c'est que tu as plus de valeur que toutes les personnes que j'ai rencontrées dans ma vie. Mais au fait tu savais que le directeur était daltonien…. Moi qui croyais que c'était un irlandais.

Marius tourna le dos et, l'âme en peine, s'endormit péniblement.

- Elle est bonne non ? Ma blague…Marius…?
  A demain grand frère, bonne nuit. dit Teddy.

Au petit matin, Marius fut surpris par une jeune fille brune, accoutrée d'une longue veste en cuir marron, assise sur une chaise au pied de son lit. Les autres orphelins dormaient tous, et Marius fut étonné de voir cette fille le fixer du regard.

- Vous êtes qui ? Vous faites quoi là à m'observer ? demanda Marius à la jeune fille.

Marius regarda ses voisins de chambre, qui semblaient tous profondément endormis et que rien ne pourrait réveiller.

- As-tu souvent l'impression d'être suivi ? Ne ressens-tu pas comme un manque ? N'as-tu jamais ressenti que tu étais fait pour accomplir de grandes choses ? N'as-tu pas l'impression de passer à côté de ta vie ? lui demanda la jeune fille.
- C'est le cas, mais ce sont des sentiments que tous les enfants présent dans cet orphelinat peuvent ressentir. répondit Marius.
- As-tu déjà entendu parler du peuple de l'étoile ? demanda la jeune fille en s'approchant du jeune homme.
- Pourquoi me posez-vous toutes ces questions ? Et pourquoi les autres ne se réveillent-ils pas ? demanda Marius.
- C'est de la magie…Répondit-elle en chuchotant.

Alors Marius se leva et commença à être plus virulent, il secoua Teddy qui ronflait comme un gros bébé.
- Teddy, réveille toi ! cria Marius.

Mais Teddy ne se réveilla pas.
- Habille toi et suis moi ! rétorqua la fille.

- Non, je ne vous suivrai pas car déjà vous êtes une inconnue étrange et que vous ne me rassurez pas du tous, lui répondit Marius.
- Si tu veux connaître ton histoire et d'où tu viens, tu ferais mieux de te préparer, de faire un brin de toilette et de me rejoindre devant la porte du bâtiment, dit la jeune fille.

Marius la regarda se lever et sortir de la pièce. Au moment où elle passa la porte, Teddy se réveilla.
- Ça va mieux toi ? demanda Teddy. Moi en tous cas j'ai passé une superbe nuit. J'ai rêvé d'une licorne qui mangeait des hamburgers et du coup après elle était toute raplapla, le ventre bien gonflé.

Marius se leva et se prépara rapidement sous les yeux de Teddy qui émergeait à peine sorti de son sommeil profond. Le jeune Marius rejoignit instinctivement la fille devant le bâtiment.
- J'étais sur que t'allais venir. dit la jeune fille. C'est exactement la réaction que j'attendais. Un zeste de curiosité, un brin d'inconscience et une bonne dose de courage. Ou bien de folie, question de point de vue… Tu ne me connais pas et pourtant tu n'a pas hésité à me

rejoindre. Pas un mot de plus ! Suis-moi, nous allons dans le métro.

Marius aussi étonné que curieux suivi cette fille si mystérieuse qui gravit le très grand escalier menant à la gare principale de la cité. Elle s'arrêta soudainement dans son ascension, juste au milieu des marches. Elle débuta un jeu de claquette surprenant qui s'apparentait à un code. Trois tapes de pied à gauche, deux à droite, un petit saut au centre les pieds joins et comme par magie un passage s'ouvrit en dessous de l'escalier, la jeune fille s'y précipita.

- Fais vite dit-elle, ça va se refermer !

Ni une, ni deux, Marius qui assistait à cette scène surprenante la suivit sans vraiment comprendre ce qu'il se passait. Une fois à l'intérieur du passage secret, il ne reconnaissait pas le métro qu'il avait emprunté si souvent.

- Ce n'est pas le métro, dit-il.
- Cette station n'est plus utilisée depuis plusieurs décennies maintenant, répondit la jeune fille.

Elle ouvrit ensuite une porte dérobée derrière un vieux wagon abandonné. Ils avancèrent tous les

deux dans ce qui semblait être les égouts de la ville.
- Combien de temps encore va-t-on marcher ? demanda Marius. Je ne connais même pas ton prénom, il faudrait que tu m'en dises un peu plus à ton sujet. Je ne sais pas ce qui me pousse à te suivre dans cet endroit, j'ai l'impression de te connaître… C'est le cas ?

La jeune fille le regarda un moment avant de s'approcher.
- Mon nom est Ambre, gardienne Valcanienne.
- C'est quoi une gardienne valcanienne ? demanda Marius.
- Si tu ne veux pas que les rats viennent te mordre, tu devrais accélérer le pas. lui répondit Ambre qui se remit à marcher.

Ils reprirent leur progression dans l'obscurité des souterrains poussés par les bruits de rongeurs qui résonnait dans les conduits. Ils arrivèrent enfin devant un grand bassin ou se jetaient les eaux usées de la ville. En face d'eux, une cascade souterraine venant de la montagne se trouvant juste au dessus, se déversait à torrent. Ambre sortit un parapluie et demanda à Marius de traverser l'eau avec elle.

- Tu es sûre de toi ? dit Marius avec crainte. Je le sens pas trop ce coup-là. Je vois bien que tu connais pleins de passages secrets et tout mais là je risque ma vie.
- Bla… Bla… Bla, dit Ambre en traversant la cascade sans hésitation.

Marius, un peu déboussolé, ne pouvant plus faire machine arrière, se jeta sans réfléchir dans la cascade.

Ils atterrirent devant un nouvel escalier qui menait à une vielle porte laissant légèrement apercevoir la lumière extérieur. L'ascension fut épuisante et Marius marqua plusieurs pauses, ils parvinrent tant bien que mal à le gravir et arrivèrent enfin devant la porte. Ils l'ouvrirent et sortirent, ils se rendirent alors compte qu'ils étaient arrivés au sommet du Pic de l'Étoile, la montage qui surplombait la cité. Au coté d'Ambre, un vieil homme attendait Marius.

- Bonjour monsieur, dit Marius, un peu troublé avant de s'adresser à Ambre. Maintenant, j'aimerais savoir ce que je fais ici.
- Assieds-toi mon garçon, demanda le vieil homme à Marius tout en ouvrant un vieux grimoire qui présentait une fleur de lys au

centre de sa couverture. Tout ce que tu dois savoir se trouve à l'intérieur de ce livre.

Sur la couverture y était inscrit "Grimoire de Baume" et des motifs étranges avait l'air de s'animer devant les yeux du jeune homme.

- Mon nom est Mistralus, je suis le plus ancien des Valcaniens et le maître du grimoire de Baume. Les Valcaniens sont les gardiens et guides du peuple de l'étoile, dit le vieil homme.
- Le peuple de l'étoile ? demanda Marius.

A ce moment très précis le grimoire s'illumina.

- La légende raconte qu'il y a des siècles, une petite étoile est tombée du ciel sur le sommet de cette montagne, là où l'on voit aujourd'hui cette grande antenne. raconta Mistralus. Cette étoile se divisa en cinq petites pierres dotées de pouvoirs extraordinaires, chacune d'elles. À cette époque, une grande bâtisse en pierre avec un toit long et pointu dominait toute la vallée. Les propriétaires de cette maison furent les premiers détenteurs des pierres d'étoile. Heureusement, c'était une famille venue de Grèce, pleine de valeurs et de courage, qui avait déjà des connaissances ancestrales en magie et qui se servit des pierres et de leurs pouvoirs pour que la paix règne dans cette région, à croire que l'étoile les avait choisis. Dans une petite bourgade en contrebas vivaient les Valcaniens, là où se trouve le port de Lacydon aujourd'hui. Au fur et à mesure des décennies, les Valcaniens, intrigués par ce peuple mystérieux et puissant vivant au sommet de la montagne, décidèrent d'aller à leur rencontre. Après une période de méfiance mutuelle, une union se forma. Le patriarche du peuple de l'étoile confia au plus ancien et courageux des Valcaniens un grimoire créé grâce à la magie des pierres. Ce livre renfermait la plupart des secrets du peuple de l'étoile et des pierres ainsi qu'un bon nombre de formules magiques. Depuis ce jour, cette union instaura la paix sur cette terre.

Le grimoire fit alors défiler devant les yeux du jeune homme toute l'histoire du peuple de l'étoile depuis le commencement jusqu'à l'abandon de Marius devant cette grotte. Grotte qui se trouve être juste en face de lui, sur le flanc du Pic de l'Étoile. Le grimoire lui montra qu'un ancien Valcanien, se prénommant Donca, souhaitait mettre la main basse sur les cinq pierres. Si chacune d'elles possédait un pouvoir spécifique, une fois toutes réunies, elles donneraient à leur propriétaire des facultés aussi extraordinaires que terrifiantes. L'objectif de Donca était de faire disparaître le peuple de l'étoile avec l'aide des pierres et de régner sur la terre en seul maître Valcanien. Une immense bataille eut lieu et l'armée de Donca, réunie grâce à la pierre de persuasion, extermina presque tout le peuple de l'étoile. Les parents de Marius détenaient la dernière pierre qui manquait à Donca, la pierre de protection absolue. Avant de mener cette dernière bataille pour sauver ce qu'il restait du peuple de l'étoile et maintenir la paix dans le monde, ils cachèrent dans une grotte escarpée leur unique enfant et dernier descendant de ce peuple décimé. Dans un berceau garni d'un rameau d'olivier, ils accrochèrent à son cou la pierre en collier.

Ce que Marius croyait être un acte d'abandon fut en fait une magnifique preuve d'amour, de bravoure et de courage. Lors de cette bataille les parents démuni de leur pierre, essayèrent de faire diversion en attirant l'attention de Donka avec une fausse pierre. Au moment où ce dernier saisit l'objet, les deux courageux munis de poignards l'attrapèrent et lui plantèrent en plein coeur leurs lames.

Au même moment l'armée de Donca lança des centaines de flèches sur les deux valeureux qui ne purent les éviter.

Cette même armée fut ensuite libérée de l'enchantement de persuasion car Donka n'était plus et les pierres n'avaient plus de propriétaire.

Après cette ultime bataille, Mistralus qui devint alors le plus ancien des Valcaniens, prit la décision de protéger les pierres en les dispersant sous la protection de puissants alliés à travers le monde.

Marius revint alors à la réalité, troublé par l'histoire qui venait de défiler sous ses yeux.

- Depuis ce jour, je m'efforce de protéger notre secret quoi qu'il en coûte. dit Mistralus ému. Aujourd'hui, la cité de Lacydon grouille de milliers de nouveaux habitants et, par conséquent, de nouvelles menaces sont apparues. Avec l'aide des quelques Valcaniens ayant survécu et de leurs descendants, tels qu'Ambre ici présente, nous nous de-

vons de protéger le dernier héritier du peuple de l'étoile encore vivant.
- L'héritier… c'est moi ? demanda Marius.

Il regarda son collier et une larme coula de son oeil.
- J'ai toujours cru avoir été abandonné. Je leur en ai voulu chaque jour… alors qu'ils se sont sacrifiés pour que je vive.
- Cette pierre t'a toujours protégé, dit Mistralus. Je t'ai confié à l'orphelinat le plus bienveillant de la cité en me faisant passer pour un promeneur qui t'avait trouvé dans cette grotte. Depuis ce jour, je veille sur toi en attendant le jour ou tu seras prêt à connaitre ta mission ancestrale, ton destin.

Soudain, un souvenir émergea dans l'esprit de Marius, vif et troublant. Il se revoyait, dans ces instants étranges où, sans comprendre pourquoi, il avait eu la nette impression qu'une présence discrète mais protectrice, veillait sur lui dans l'ombre.
- Pour éviter qu'un tel événement ne se reproduise, dit Mistralus d'une voix grave, j'ai dispersé les pierres aux quatre coins du monde, les cachant chez de puissants alliés,

la où nul ne puisse les retrouver. Seul moi même et le grimoire de Baume, détenons les indices permettant de révéler leur emplacement. Il marqua une pause, scrutant Marius de ses yeux perçants. Une dernière chose, Marius, personne ne doit connaître notre existence… absolument personne.
- A bientôt, dit Mistralus en mettant sa main sur les yeux du jeune homme.

Marius se réveilla dans son dortoir, à peine ouvrit-il les yeux que Teddy était debout face à lui.
- T'es beaucoup plus bavard dans ton sommeil que quand t'es éveillé, une vraie pipelette. dit Teddy moqueur.
- J'ai dormi longtemps ? demanda Marius qui ne discernait plus ce qui relevait du rêve ou de la réalité.
- Beaucoup plus qu'à ton habitude mais ça me fait plaisir de te voir un peu te relâcher. lui répondit Teddy.
- Tu n'as pas vue une fille ? demanda Marius qui avait du mal à émerger.
- Une fille ? Petit cachottier ! Ici ? Elle est ou ?! demanda Teddy tout excité, en regardant partout autour de lui.

- Laisse tomber, j'ai dû rêver. dit le jeune homme.

Marius jeta un coup d'œil à l'horloge murale et son cœur fit un bond. L'heure avait filé plus vite qu'il ne l'avait pensé. Sans perdre une seconde, il enfila sa veste et sortit en trombe de l'orphelinat. Il était déjà bien trop tard pour espérer une pêche fructueuse aujourd'hui, mais il devait tenter sa chance. Il dévala les ruelles en direction du port. Lorsqu'il arriva enfin devant sa vieille barque, son souffle court, une scène inattendue l'accueillit. Tous les autres pêcheurs étaient déjà de retour, leurs bateaux alignés le long du quai. Des filets dégoulinants de poissons argentés glissaient des embarcations, et les hommes échangeaient des sourires fatigués. L'un d'eux, un grand gaillard à la barbe grise, s'approcha de Marius en secouant la tête avec un air mi-amusé, mi-reproche.

- Trop tard, Marius, dit-il en tapotant l'épaule du jeune homme. La mer a déjà donné tout ce qu'elle avait à offrir aujourd'hui. Plus rien ne mord a cette heure ci.

Marius baissa la tête, la déception pesant lourd sur ses épaules. Sans un mot, il tourna les talons, rebroussant chemin en direction de l'orphelinat. La mer ne lui rapporterait rien aujourd'hui. Chacun de ses pas semblait plus lourd que le précédent, comme si l'échec s'infiltrait dans son esprit. Arrivé devant les grilles de l'orphelinat, il pénétra dans la cour, silencieux. Le réfectoire était animé par les rires et les bavardages des plus jeunes qui mangeaient leurs maigres rations, inconscients des difficultés du monde extérieur. Marius s'avança, son regard parcourant les visages enfantins, puis s'arrêta sur la silhouette immobile du directeur, un homme sévère à l'allure rigide.

- Monsieur le directeur, reste-t-il quelque chose en cuisine ? Serait-il possible d'avoir juste un peu de nourriture s'il vous plait ? demanda Marius, d'une voix empreinte d'une certaine appréhension. Je n'ai malheureusement rien pu pêcher aujourd'hui.
- Tu sais, si je te donne une ration, un jeune enfant n'aura pas la sienne. C'est toi qui vois Marius…

Marius jeta un dernier regard en direction des jeunes enfants, puis au directeur dont le visage restait impassible. Un poids alourdissait son cœur alors qu'il quittait le réfectoire, la tête basse. Le chemin jusqu'à son dortoir semblait interminable. Une fois arrivé, il s'assit lourdement sur son lit, enfouissant son visage dans ses mains, tout en lui était abattu, vidé. Puis, comme un réflexe, ses doigts cherchèrent le collier pendu à son cou, effleurant le pendentif. Ce qu'il crut être un rêve était peut être une vérité cachée, capable de changer le cours de son existence. Un frisson d'espoir naquit en lui, comme une pulsion incontrôlable. Marius se redressa brusquement, son regard plus déterminé que jamais. Il quitta sa chambre d'un pas rapide et se dirigea vers l'entrée du métro. Arrivé devant les marches menant à la gare, il se rappela de la chorégraphie qu'Ambre avait faite pour ouvrir le passage secret. Trois tapes de pied à gauche, deux à droite, un petit saut au centre les pieds joint et comme par magie le passage s'ouvrit sous l'escalier. Une fois devant la porte dissimulée, Marius s'enfonça dans les souterrains. Plus il avançait dans l'obscurité humide, plus la réalité de ce qu'il avait vécue lui apparaissait avec une certitude glaçante, tout était vrai. Chaque détail refaisait surface dans sa tête. Il traversa la cascade sans se soucier de l'eau froide qui imbibait ses vêtements. Trempé, il gravit les escaliers de pierre qui semblaient interminables. Lorsqu'il sortit enfin par la vieille porte, il se retrouva face au Pic de l'Étoile, majestueux et imposant. La pluie commençait à tomber doucement, comme un murmure du ciel. Marius, essoufflé, se demanda un instant pourquoi il avait choisi de revenir ici. Le silence l'enveloppa, et pour la première fois depuis son départ de l'orphelinat, il réalisa qu'il était tout seul. Les Valcaniens, ces êtres mystérieux, n'était pas là. Un sentiment inattendu d'espoir commença tout de même à naître en lui, malgré l'étrangeté de la situation. Tandis que la pluie s'intensifiait, il se réfugia dans la grotte où, des années auparavant, ses parents l'avaient caché. À l'intérieur, une lueur vacillante attira son regard, émanant d'une des cavités profondes.. Marius s'avança lentement, chaque pas résonnant dans un silence pesant. La lumière provenait d'un vieux grimoire posé sur une table de pierre, illuminé par une douce lueur qui paraissait presque irréelle. Son cœur battait à toute allure.

- J'étais sur de te revoir rapidement, dit Mistralus qui apparait derrière Marius. Le regard ne trompe jamais et le tien me rappel celui de tes parents.

- Moi je n'en n'étais pas si sûre, je t'avoue, dit Ambre qui sorti de nulle part à son tour.
- C'était donc bien réel.., demanda Marius. Mes parents… Les pierres…. Vous…
- Réel…? Rétorqua Mistralus, Oh oui.. c'est bien réel et nous avons beaucoup de travail devant nous. Ne perdons plus une minute, prend le grimoire et suis nous.

Marius, regarda le grimoire.

- Et bien, tu attends quoi ? C'est pas gagné…, dit Ambre se dirigeant vers la sortie de la grotte.

Marius prit le grimoire et suivit sous la pluie les deux Valcaniens vers une destination inconnue.

Après avoir traversé les souterrains sombres, les éclairs déchirant le ciel au-dessus d'eux et le tonnerre grondant avec une force inquiétante, Marius, Mistralus et Ambre arrivèrent enfin à Lacydon. La pluie battante n'avait rien perdu de son intensité, mais cela ne sembla freiner en rien leur avancée. Ils se dirigèrent d'un pas rapide vers un petit restaurant traditionnel niché au coin d'une ruelle étroite, un établissement portant un nom simple et évocateur "Aïoli".

À leur entrée, le lieu était étrangement désert, vidé de toute présence humaine. Pourtant, au centre de la salle, une longue table était dressée, recouverte de mets savoureux et alléchants. Chaque plat semblait soigneusement préparé, exhalant des arômes qui flottaient dans l'air comme une invitation silencieuse. Mais curieusement, il n'y avait qu'une seule assiette posée à l'extrémité de la table, comme si tout ce festin n'attendait qu'un unique convive.
- Bon alors… Tu attends quoi ? demanda Ambre avec impatience.
- Ils te faut des forces pour ce qui va suivre, dit Mistralus. Sache qu'à présent tu pourras venir te restaurer ici quand bon te chante. Mais comme pour le reste, cet endroit devra rester secret.

Marius s'approcha lentement de la table, l'air hésitant, puis finit par s'installer devant l'unique assiette qui l'attendait. Sous ses yeux, le festin l'appelait. Sans plus attendre, il plongea dans les plats avec une impressionnante voracité. Poissons grillés, galettes de pois chiches frites, purée d'olives, soupe de poissons... Chaque bouchée éveillait ses sens, enflammant son palais affamé. Il se délectait de chaque saveur, oubliant tout le reste, tandis que Mistralus et Ambre l'observaient en silence, étonnés par son appétit démesuré. Lorsque la dernière assiette fut vidée, Marius releva la tête, les yeux brillants de satisfaction et le ventre bien rond. Il se figea en s'apercevant que Mistralus et Ambre avaient disparu. Un étrange silence régnait désormais dans le restaurant vide. Troublé, il se leva lentement, attrapa le grimoire qui reposait sur la table. Son regard se posa sur une porte entrouverte au fond de la pièce. Poussant la porte avec précaution, il se retrouva dans un long couloir plongé dans une pénombre oppressante. De chaque côté des murs, des cadres anciens alignés, racontant l'histoire oubliée du peuple de l'étoile à travers des illustrations mystérieuses. Les scènes peintes prenaient vie sous ses yeux, chaque détail révélant un pan du passé. Arrivé au bout du couloir, Marius s'arrêta devant le dernier tableau. Ce dessin, plus grand et plus sombre que les autres, semblait l'attendre.

C'est… dit Marius les yeux humides.

- Oui c'est tes parents, dit Mistralus qui était apparu une nouvelle fois juste derrière Marius. Je n'ai jamais rencontré de personnes aussi courageuses qu'eux. Ce courage, je le vois également en toi, ces années à connaitre la pauvreté et la solitude t'ont permis d'être éclairé dans la perception de la différence entre le bien et le mal. À présent suis-moi.

Au bout du couloir, Marius pénétra dans une vaste pièce ronde, sans la moindre fenêtre. L'atmosphère y était lourde, presque solennelle. Les murs, incurvés, portaient une immense carte du monde, détaillée à l'extrême. Au cœur de cette carte, gravé avec une très grande précision, trônait le Pic de l'Étoile. Sur l'un des côtés de la pièce, des étagères en bois garnies d'objets énigmatiques, parmi lesquels, des Bakayas, ces reliques dont la fonction et le pouvoir venant des pierres demeuraient un mystère. De l'autre côté, un coffre-fort massif fermé, et au centre de la pièce un pupitre de bois finement sculpté semblait attendre un objet très précieux. L'espace vide sur son plateau appelait clairement une seule chose. Marius, comprit que cet emplacement était destiné au grimoire de Baume. Sans hésiter, il s'approcha et le déposa. Ressentant comme un souffle, il comprit que quelque chose venait de changer.

- Nous sommes dans notre repère, dit Mistralus. Tous ce que tu vois ici fait partie de ton

héritage, chaque centimètre de ce repère est un bout d'histoire de notre peuple. Les Valcaniens et le peuple de l'étoile ne font qu'un, même si certains d'entre nous ont choisi des chemins plus obscurs. Nous sommes une famille… Et comme dans toutes les familles, il y a de bonnes et de mauvaises intentions.
- Waouh... une famille...

Les mots s'étranglèrent dans la gorge de Marius, incapable de contenir l'émotion qui montait en lui. Ses mains tremblaient légèrement, son cœur battait à tout rompre, comme si le monde autour de lui s'effaçait pour ne laisser place qu'à cette révélation bouleversante.
- J'ai l'impression de rêver...? J'ai... une famille... dit-il.

Cette simple idée, qu'il n'avait jamais osé espérer, résonnait en lui comme une vérité qu'il n'arrivait pas encore à saisir.
- Maintenant, laisse-moi te montrer quelque chose qui, je pense, va beaucoup te plaire, dit Mistralus en s'approchant d'une des étagères et en saisissant une petite montre à gousset.

Il la fit tourner entre ses doigts avant de poursuivre, son regard perçant celui de Marius.
- Cet objet est aussi fascinant que dangereux. En appuyant sur ce petit bouton ici, le temps se fige pendant trente secondes. L'utilisateur peut alors faire ce qu'il souhaite, sans que quiconque ne se rende compte de quoi que ce soit.

Il marqua une pause, laissant Marius assimiler l'importance de ses paroles.
- Mais la magie a ses limites. Tu ne pourras l'utiliser qu'une seule fois par jour. Et, après chaque utilisation, la montre disparaîtra instantanément et reviendra d'elle-même sur cette étagère, juste là.

Mistralus reposa la montre avec soin, avant de se tourner vers un autre objet.
- Un autre outil qui te sera utile dans ton apprentissage, le sac de paire. Mistralus attrapa un petit sac en cuir usé, presque banal en apparence.
- Ce sac est très particulier. Il te permettra de dupliquer n'importe quoi, tant que l'objet en question pourra entrer à l'intérieur. Laisse-moi te montrer...

Alors, il prit une pièce de monnaie et la plaça dans le sac, il retourna le sac dans sa main et deux pièces en tombèrent. Les yeux de Marius s'ouvrirent de ravissement.

- Ce sont des Bakayas, dit Mistralus. Ces objets ont été créés à partir des formules inscrite dans le grimoire de Baume. Comme toutes les étrangetés que tu vois dans cette pièce et sur les étagères. Elles ne peuvent être utilisés qu'une seule fois par jour et reviennent directement dans le repère après leurs utilisations, comme un oiseau dans son nid. Je te confie ces deux objets, jusqu'à demain. Essaie de bien utiliser leurs pouvoirs éphémère et revient ici au matin. Il y a également des choses importantes que tu dois savoir… Mais, nous en parlerons demain. Tu dois partir maintenant, annonça Mistralus à Marius qui prit les Bakayas, le sourire aux lèvres et sortit rapidement du restaurant.

Le soleil avait enfin percé les nuages, inondant les ruelles de lumière. Marius, le ventre bien rempli, décida de profiter de cette belle journée pour flâner près des quais. Tandis qu'il marchait, ses pensées tourbillonnaient autour des objets magiques que Mistralus lui avait confié. En réfléchissant à la manière dont il pourrait s'en servir, une idée aussi audacieuse que dangereuse lui traversa l'esprit. Il s'arrêta devant une bijouterie, le regard attiré par l'éclat des joyaux derrière la vitrine. Il entra et repéra rapidement une bague en or massif, imposante et visiblement hors de prix. D'un geste rapide, il sortit la montre à gousset de sa poche et, le cœur battant, pressa le bouton. Le temps se figea instantanément. La boutique, jusque-là animée, plongea dans un silence absolu. Profitant de cet instant suspendu, Marius s'empara de la plus grosse bague de la boutique et la glissa dans le sac de paire et le secoua doucement. Comme prévu, en retournant le sac, une seconde bague identique à la première apparut dans sa main. Ses yeux s'illuminèrent. À cet instant précis, le sac se volatilisa, exactement comme Mistralus l'avait prédit. Sans perdre une seconde, il remit soigneusement la première bague à sa place d'origine et quitta la boutique aussi discrètement qu'il y était entré. La vie reprit son cours et à l'instant même où les trente secondes s'écoulèrent, la montre disparut à son tour. Marius, l'adrénaline dans les veines, se dirigea vers un prêteur sur gage. Il y vendit la bague en or contre une belle somme. L'argent en poche, il prit la route de l'orphelinat, savourant déjà les possibilités que cette cagnotte lui offrait. Il entra dans le dortoir et s'approcha de son jeune ami Teddy.

- Ça te dirait d'aller au cinéma ce soir et pourquoi pas de manger un hotdog avant? Demanda Marius d'un air malin.
- Un cinéma ?.. Un Hotdog ?… Il se passe quoi là ? Demanda Teddy.
- Rien, je veux juste passer une bonne soirée avec mon ami, mais si ça ne te dit rien, ce n'est pas bien grave, j'irai seul, dit Marius en faisant mine de se retourner.
- Mais quoi ? Tu vas rien faire seul ! dit Teddy surexcité. Je sens déjà le ketchup et la moutarde dans mes narines. En plus, il y a un nouveau film que j'aimerais vraiment voir…
- Tu parles trop et moi je t'attends, allez, bouge! dit Marius d'un air amusé.

Les deux amis, pleins d'enthousiasme, se mirent en route. Ils espéraient que cette escapade leur ferait le plus grand bien, un moment de répit bien mérité dans ce quotidien si morose. La nuit fila dans une succession de rires et de discussions animées, les heures s'écoulant sans qu'ils ne s'en aperçoivent.

Au petit matin, Marius retourna dans le repère du restaurant, cette pièce mystérieuse qui renfermait toutes les reliques magiques à l'abri des regards. L'endroit semblait encore plus étrange qu'à son habitude, chargé d'une énergie négative. En franchissant le seuil, il aperçut Mistralus, entouré de plusieurs autres personnes, huit au total. Marius ne les connaissait pas, mais il compris rapidement que c'était également des Valcaniens. Leur présence ici ne laissait aucun doute sur leur nature. Un frisson parcourut Marius tandis qu'il observait la scène. Son regard se posa sur Ambre, assise non loin, visiblement blessée. Elle tenait sa tête entre ses mains, une blessure à la tempe, tandis qu'un des Valcaniens s'affairait à la soigner. Autour d'eux, le chaos régnait, des Bakayas étaient éparpillées partout sur le sol, certaines brisées, d'autres scintillantes encore faiblement. Il ne savait pas ce qu'il s'était passé pendant son absence, mais il devinait que quelque chose de grave avait eu lieu. Marius sentit son cœur se serrer. Quelque chose dans l'air lui disait que les événements

prenaient une tournure bien plus inquiétante qu'il ne l'avait imaginé.
- Que se passe-t-il ? demanda Marius à l'une des personnes présente.
- Nous avons été trahis par l'un des nôtres, répondit l'homme. Cette nuit alors que certains d'entre nous tenions la garde, nous avons été surpris par le neveu de Mistralus, Cristo… Il s'est servi de la flûte de somnolence, une des Bakayas, pour endormir tout le monde et s'emparer du grimoire de Baume. En sortant, il a croisé Ambre qui a essayé de l'arrêter, mais Cristo l'a assommée avant de disparaitre on ne sait où.
- Le neveu de Mistralus ? demanda Marius. Mais pourquoi a-t-il fait ça et à quoi va lui servir le grimoire ?
- Cristo a toujours été en désaccord avec son oncle. répondit l'homme. Il n'a jamais accepté que Mistralus, son oncle soit devenu maître du grimoire à la place de son défunt père qui était pourtant l'ainé de la fratrie. Il est également de ceux qui pensent que les Valcaniens devraient être les détenteurs du pouvoir des pierres et non le peuple de

l'étoile. Grâce à son sang, qui est le même que Mistralus, il va pouvoir déchiffrer les indices cachés dans le grimoire et découvrir où se trouvent certaines pierres. Si ces pierres arrivent dans ses mains, je n'ose même pas imaginer les conséquences désastreuses que ça pourrait engendrer.
- Je l'ai élevé comme mon propre fils depuis que son père n'est plus là, dit Mistralus à Marius, le regard rempli de déception. Je pensais lui avoir inculqué de bons préceptes… J'aurais dû m'en douter… Marius, tu es la seule personne qui puisse retrouver le grimoire. Toi et lui êtes liés, il t'orientera toujours vers lui, toi l'unique héritier. Fais confiance à ton instinct et laisse-toi guider par les signes. Amène Ambre avec toi, elle connaît toutes les Bakayas et leurs usages ainsi que toute notre histoire… ton histoire.

Mistralus mit toutes les Bakayas dans un sac à dos qu'Ambre mit sur son dos.
- En route, plus de temps à perdre. dit Ambre. Il va me payer ce qu'il m'a fait ce maudit traître.

Ambre sortit du restaurant, déterminée à en découdre avec Cristo et à récupérer le grimoire de Baume. Marius regarda Mistralus avant de rejoindre précipitamment Ambre.

Chapitre 2
LIENS DU SANG

Ambre et Marius marchaient à toute allure en slalomant entre les citadins de Lacydon.
- Attend-moi ! cria Marius, tu vas me perdre. Tu sais ou l'on va ?
- Ils nous faut de l'aide et des informations et il n'y a qu'un seul endroit où on puisse en trouver. répondit Ambre avant de s'arrêter devant une librairie. C'est ici !

Sur la devanture le nom de la boutique, "La magie des mots" est inscrit. Une fois entré à l'intérieur, Marius découvrit une magnifique bibliothèque tout en bois sculptée avec soin et des centaines d'ouvrages rangés par ordre alphabétique, par genre et par couleur de couverture. Une jeune fille est sur une échelle, de dos, occupée à ranger les arrivages. Elle s'arrête soudainement en apercevant le reflet d'Ambre dans une fenêtre.

- Non, non, non, non… Je ne veux rien savoir, dit-elle. Je ne veux rien savoir. Ce ne sont pas mes histoires, ce.. ne… sont… pas… mes… histoires ! balbutia la jeune fille troublée.
- Pourquoi tu te répètes ? demanda Ambre.
- J'ai fait ça moi ? J'ai fait ça ?…. questionna la jeune fille, tout en continuant à ranger des livres. De toute manière, je n'ai rien à te dire. Je n'irai nulle part et… c'est tout ! Merci d'être passé me voir, ça me fait plaisir de te savoir en bonne santé et que tu deviens une jolie jeune fille. Je t'embrasse et te souhaite le meilleur dans tes aventures qui je le répète ne me concernent pas. Oulala! Il se fait tard… J'ai encore beaucoup de travail et le temps se couvre. Vous devriez y aller. Merci d'être passés et à bientôt… ou pas. Ce n'est pas obligé…Bisous, bisous !
- Tu vois cette fille à moitié hystérique qui ne respire pas entre les phrases et qui semble vouloir nous mettre à la porte, c'est ma grande soeur, Lyna. dit Ambre à Marius. Elle a l'air bizarre comme ça mais crois moi tu n'as rien vu encore. Quand on était encore de jeunes enfants, Lyna et moi étions les

soeurs les plus complices au monde. Un jour, nos parents nous ont confié à Mistralus pour partir en Afrique vérifier l'état d'une des pierres. Avant de partir, nos parents nous ont rassuré en nous disant de ne pas nous inquiéter car la magie les protégeait. C'était la dernière fois que nous les verrions. On nous a raconté que quelques jours après leurs arrivée sur place, ils ont littéralement disparu. Depuis ce jour, Lyna n'a jamais plus fait confiance en la magie et, petit à petit, s'est éloignée de tout ce qui s'y apparente, y compris moi. Pourtant, je n'y suis pour rien.
- C'est vrai qu'il y a un des points communs entre vous, et je ne parle pas que du physique. dit Marius un peu moqueur.

Les deux soeurs se regardèrent un moment et firent mine de ne pas comprendre cette allusion.
- Bref, je ne suis pas venue ici pour te raisonner ni pour te faire des câlins…Même si… Bon j'ai besoin de tes talents ! dit Ambre qui se tourna ensuite vers Marius. Ma socur c'est la meilleure enquêtrice du monde, elle connait par coeur tous les romans policiers et arrive toujours à résoudre la moindre petite enquête qui se présente à elle.

- Comment tu sais ça toi ? Demanda Lyna étonné que sa soeur la connaisse aussi bien après tous ce temps éloigné.
- Tu croyais vraiment que j'allais te laisser seule, sans surveillance, au milieu de cette ville de fou ? demanda Ambre.
- Oui c'est vrai que j'aurais pu être enquêtrice, dit Lyna toute fière. C'est mon truc, je pense. Vous pensez que je me suis trompée de vocation ?
- Stop !! dit Ambre. Ça suffit l'égo-trip, le grimoire a été volé par Cristo et on n'a aucune idée de là où il a pu se rendre. Si je suis là, c'est parce que j'ai besoin de toi.

À ce moment-là, la blessure d'Ambre se remit à saigner.

- Tu as quoi à la tête ? demanda Lyna, inquiète.
- C'est pas grave, répondit Ambre. Lui c'est Marius, l'héritier.
- Marius ? demanda Lyna. Le Marius ? Je pensais que c'était une histoire fantastique juste pour qu'on espère encore et encore.
- Tu peux nous aider ? Promis, après je te laisse tranquille avec tes vieux livres et tes

toiles d'araignées, une fois le grimoire récupéré et Cristo arrêté. quémanda Ambre à sa soeur.
- Je ne sais pas, répondit Lyna. J'ai beaucoup de travail et énormément de clients à servir.

Ambre et Marius se retournent vers l'intérieur de la librairie qui est complètement déserte. Ils se regardent puis retourne vers Lyna qui ne sait plus où se mettre.
- Bon, d'accord, je veux bien vous aider, mais juste cette fois-ci. Suivez-moi et ne touchez à rien.

Elle s'avança vers une des imposantes étagères de la bibliothèque et, d'un geste précis, tira sur l'un des livres poussiéreux. Un déclic retentit, révélant une porte secrète dissimulée dans la paroi. Ils pénétrèrent tous les trois dans une pièce obscure, ressemblant au bureau d'un détective privé. Sur l'un des murs, des photographies de Valcaniens étaient reliées par des fils rouges, tissant un réseau complexe pour illustrer leurs connexions. La structure, en forme de pyramide, dévoilait la hiérarchie des Valcaniens. Au centre de cette étrange annexe, une large table était couverte d'instruments scientifiques, témoi-

gnant de recherches aussi mystérieuses qu'approfondies.
- Bienvenue dans mon univers ! dit Lyna. Ici je peux enquêter comme il se doit et rien ne peut me déconcentrer. Derrière ce bureau, j'ai résolu des centaines d'enquêtes très complexes. La semaine dernière, j'ai retrouvé les clefs de Monsieur Marthe, le voisin du dernier étage, en moins de deux heures.

Au même moment, passe sur un vieil autoradio une musique que Lyna adore.
- J'aime trop cette musique, dit Lyna en s'adressant à Marius. Tu connais ?
- Rien ne peut te déconcentrer…. Je vois bien ça, dit Ambre…… Lyna ! Le grimoire…
- Ah oui désolée, commençons par le commencement. dit Lyna en s'approchant du tableau sur le mur ou se trouve la pyramide de photos des Valcaniens. Cristo est donc le fils de Ravus, frère de Mistralus. Ravus était l'aîné de la famille mais depuis la naissance de Mistralus, Ravus éprouva de la jalousie à son égard. Ravus était un esprit perturbé et c'est certainement ce qui a poussé leurs parents à nommer Mistralus, grand guide des

Valcaniens à sa place. Revenons à Cristo, celui-ci fréquente Ragon le descendant direct de Donca. Celui-là même qui a pratiquement exterminé le peuple de l'étoile. Désolée pour tes parents, Marius… s'excusa Lyna maladroitement.

Elle ouvrit son ordinateur portable pour enquêter mais cette fois-ci, sur les réseaux sociaux.

- Ragon qui n'est pas le couteau le plus aiguisé du tiroir, fréquente un groupe de supporters de l'équipe local, et un weekend sur deux, tous ces jeunes gens se retrouvent dans les travées du stade bleu et blanc. Vous connaissez ce stade ? L'ambiance y est fantastique, ce stade est le plus beau du pays. Dommage que l'équipe enchaîne les mauvais résultats ces derniers temps. Oulalala, je me perds hihihi…
- Je t'avais prévenu, dit Ambre à Marius.
- L'idée est de se faufiler dans ce groupe de supporters lors d'un match et d'essayer de retrouver Ragon, dit Lyna. Je suis sûr qu'il aura des informations sur les plans de Cristo et qu'il connaîtra peut-être l'endroit où il pourrait se cacher.

Ambre est accoudée sur le bureau, pleine d'admiration devant les hypothèses plus que crédibles de sa grande soeur.

- Quoi ? demanda Lyna à Ambre
- Non non… rien, répondit Ambre en souriant légèrement. Lyna se tourna alors vers Ambre.

Une lueur d'émotion dans le regard. Sa voix se fit douce, presque un murmure.

- Tu es la seule chose de ma vie d'avant qui me manque.

Les mots résonnèrent, lourds de sentiments. Un silence s'installa entre elles, chargé d'une émotion palpable. Les deux sœurs se regardèrent, les yeux brillants. Aucun mot n'était nécessaire, tout était dit.

- Tu devrais quitter cette vie de danger et venir ici. Au premier étage de la librairie, c'est mon petit chez moi. J'ai de la place pour toi et je serai vraiment heureuse de partager de nouveau de bon moments avec ma petite soeur.
- Moi aussi tu me manques grande soeur, tu ne peux pas savoir à quel point, répondit Ambre, mais on compte sur moi et je dois

accomplir ma mission. Ce n'est plus une question de choix personnel, c'est mon devoir.

L'émotion passée, Ambre se leva.

- Tu es sûre que nous passerons inaperçus dans le groupe de supporters ? demanda Ambre.
- Je pense que tu devrais laisser Marius y aller seul, répondit Lyna. Il passera inaperçu car personne ne le connaît encore. Les Valcaniens ressentent la présence d'autres Valcaniens.
- J'ai promis à Mistralus de veiller sur lui, dit Ambre. Si jamais il lui arrive quoi que ce soit, ce sera de ma faute.
- Si tu pars avec lui, dit Lyna, c'est là que tu le mettras en danger. Ta simple présence à ses côtés suffirait à vous faire repérer.
- Tu as peut-être raison, dit Ambre, mais avant tout, il faut que je t'éclaire sur deux Bakayas qui pourraient t'être utiles, Marius.

Marius fronça légèrement les sourcils, l'air incertain.

- Vous êtes sûres que je peux gérer ça tout seul ? demanda-t-il. Je ne suis peut-être pas celui que vous pensez.

Lyna, inquiète, tourna alors son regard vers Ambre.

- T'es sûre que c'est lui ? murmura-t-elle.

Ambre hocha la tête, l'air résolu.

- Oui… il a la pierre.

Lyna s'approcha de Marius. Ses yeux s'illuminèrent tandis qu'elle observait avec admiration la pierre suspendue autour de son cou. Elle leva les yeux vers lui, un sourire rassurant aux lèvres.

- Avec ça, tu n'as rien à craindre, dit-elle doucement. Tant qu'elle est sur toi, elle te protège.

Marius baissa les yeux vers la pierre, et une vague de confiance nouvelle le traversa. Il respira profondément, sentant son hésitation s'effacer.

- Je vais le faire, déclara-t-il, plus sûr de lui. Lyna, tu peux me transférer les images et les informations, s'il te plaît ?
- C'est déjà fait, répondit Lyna en hochant la tête.

Ambre intervint alors, son ton plus grave.
- Tu devras faire très attention. Cette ville est particulière, et tu devras te méfier de tout et de tout le monde, dit-elle.

Marius esquissa un sourire.
- Je pense connaître cette ville mieux que quiconque. J'ai arpenté chaque rue de cette cité depuis mon plus jeune âge, et je connais très bien le stade. J'ai même déjà une idée pour m'infiltrer dans le groupe de supporters, dit-il, une lueur malicieuse dans le regard.

Ambre sourit, impressionnée par son audace.
- Laisse-moi t'expliquer comment te servir des Bakayas. Il y en a une qui se nomme "le-Passe-Partout". Elle te permettra d'entrer n'importe où pendant une heure. Ne la gaspille surtout pas car comme tous les autres objets venus du repère, elle disparaîtra une fois utilisée. Ensuite, il y a "la Patte à Bulle". C'est une pâte aux propriétés magiques, tirée de la fleur de lavande qu'on trouve sur les hauts plateaux de la région. Si tu la mâches suffisamment, tu pourras produire des centaines de bulles violettes. Elles te permettront de créer un nuage opaque pour masquer

ta fuite. Cela peut aussi être utile dans d'autres situations particulières, mais je te laisse découvrir par toi-même son plein potentiel.

Marius hocha la tête, son esprit bouillonnant d'idées, ses doigts effleurant doucement la pierre autour de son cou.

- Je saurai m'en servir. dit-il.

Ambre et Lyna échangèrent un regard complice, sentant que le moment décisif approchait.

Marius était émerveillé par cette magie qu'il découvrait un peu plus à chaque instant. Chaque Bakaya semblait renfermer un monde de possibilités, Marius se sentait à la fois puissant et troublé. Après avoir rangé soigneusement les objets dans son sac, il jeta un dernier regard aux deux sœurs. Il était temps de partir, et pourtant, l'idée de poursuivre seul le rendait nerveux.

- On se retrouve après, dit-il, la voix un peu tremblante.

Ambre et Lyna le regardèrent s'éloigner, partagées entre crainte et espoir. Le silence qui suivit son départ pesait lourd, comme si les deux sœurs savaient que la suite de l'histoire reposait désormais entièrement sur les épaules du jeune homme. Marius sortit de la librairie, l'air vif et l'esprit chargé de promesses. Il se dirigea d'un pas rapide vers la bouche de métro la plus proche, sa prochaine destination en tête. Quelques minutes plus tard, il arrivait dans la cour de l'orphelinat, là où il avait grandi. Comme prévu, Teddy, son ami d'enfance, l'attendait. Un sourire espiègle se dessina sur le visage de Marius en apercevant son camarade.

- T'as pas l'air en forme, lança Marius en observant son ami, visiblement préoccupé.
- Tu t'inquiètes pour moi maintenant ? ironisa Teddy, sans cacher son irritation. Où t'étais passé ?

Marius, surpris par la question, fronça les sourcils. Il avait l'impression que Teddy en savait plus qu'il ne le laissait paraître.

- Pourquoi ? Tu m'as suivi ? demanda Marius.
- Je ne t'ai pas suivi, non. Pourquoi j'aurais fait ça ? C'est toi qui pars sans prévenir, répondit Teddy. La soirée qu'on a passée était super, mais je m'inquiète pour toi. T'es en train de me cacher des trucs ! On ne fait pas ça à un ami. Tu fais tes affaires tout seul, et tu me laisses croupir dans ce trou !

Marius le regarda avec intensité, ressentant la détresse de son ami.

- Je ne te laisserai jamais, tu le sais bien, dit-il calmement.
- Je sais plus, pour être honnête. rétorqua Teddy, amer.

Marius sourit alors, cherchant à alléger la tension.

- Tu sais quoi ? J'allais justement te proposer qu'on passe la soirée ensemble demain, samedi. C'est bien demain que la Team Cosmo joue à domicile, non ?

Teddy, un peu pris de court, répondit :

- Euh… oui, c'est bien demain.
- Ça te dit que je t'accompagne au stade ? demanda Marius avec un sourire complice. T'es toujours avec les Firsts, le plus grand groupe de supporters du club ?

Les yeux de Teddy s'éclairèrent instantanément.

- Oui, toujours ! Ça me ferait vraiment plaisir que tu viennes avec moi ! Demain, on joue le Classico contre notre rival de toujours, le club de la capitale. Ça va être tendu dans le stade, j'ai trop hâte ! dit Teddy surexcité.

Marius hocha la tête, ravi de voir son ami retrouver son enthousiasme. Le temps s'écoule, et les deux amis se préparèrent pour ce grand rendez-vous. Tous deux, étaient vêtus de bleu et blanc, les couleurs du club, leurs visages étaient peinturlurés des motifs du drapeau de l'équipe. Enivrés par l'ambiance, ils se dirigèrent vers le grand stade, leur enthousiasme palpable. Devant l'entrée, l'un des stadiers leur demanda les billets. Teddy, sûr de lui, présenta le sien avant de tourner son regard vers Marius, qui paraissait troublé.

- Tu as ton billet, rassure-moi ? demanda Teddy, légèrement inquiet.
- Oui, oui… répondit Marius en faisant semblant de fouiller dans ses poches. Mince.. Je l'ai peut-être perdu dans le métro.

Le stadier, inflexible, haussa les épaules.

- Pas de billet, pas de match, dit-il sèchement.

Teddy, impuissant, regarda son ami de l'autre côté de la barrière, la tristesse l'envahissant. Marius, quant à lui, tenta de garder son calme. Puis, soudain, il sortit discrètement de son sac le "Passe-Partout" qu'Ambre lui avait confié. Il le tendit au stadier.

- Bon match, monsieur ! répondit ce dernier, en ouvrant le portique.

Teddy, surpris par le mystérieux "billet" de Marius, n'eut pas le temps de poser des questions. La joie l'emporta, et les deux amis se dirigèrent vers la tribune nord, là où se regroupaient les fervents groupes de supporters. L'ambiance était galvanisante. Les chants résonnaient dans tout le stade, créant une atmosphère vibrante. Les tifosi déployèrent des bannières géantes qui célébraient les succès passés du club, tandis que des fumigènes coloraient les tribunes d'épaisses fumées. Les détonations de pétards retentissaient à intervalles réguliers, amplifiant la ferveur générale. Pour Marius et Teddy, c'était un moment magique, un de ces rares instants où Lacydon semblait s'enflammer d'une énergie unique. Le coup d'envoi fut donné. Marius, les yeux rivés vers la foule, commença à scruter la tribune, à la recherche du groupe de supporters où pouvait se cacher Ragon.

- C'est bien les "Devils", là-bas, en bas à gauche ? demanda-t-il à Teddy en pointant du doigt un groupe bruyant.

- Oui, c'est eux, répondit Teddy, ne lâchent pas du regard le match, déjà captivé par l'action.

Profitant de la distraction de son ami, Marius se faufila discrètement vers le groupe des "Devils". La foule compacte le ralentissait, et il avançait avec difficulté, se frayant un chemin parmi les supporters surexcités. Une fois plongé au cœur de ce groupe qui n'avait pas l'air particulièrement accueillant, Marius sortit son téléphone pour vérifier la photo de Ragon. Mais la tâche s'avéra plus compliquée qu'il ne l'imaginait. Les bras levés, les mouvements frénétiques des supporters accompagnant les chants d'encouragement lui bloquaient la vue. Il crut reconnaître Ragon de dos, en train de discuter avec d'autres fans. Mais en se rapprochant, il réalisa que ce n'était pas lui. Déçu, il se retourna et reprit sa recherche. Soudain, un but fut marqué par l'équipe locale. Le stade explosa de joie, les tribunes tremblèrent sous les cris et les acclamations. Teddy, fou de bonheur, se retourna pour partager l'euphorie avec Marius, mais réalisa qu'il avait disparu. Dans cette foule en liesse, debout et en pleine effervescence, il était impossible de le retrouver. Marius, de son côté, attendit que l'agitation se calme et que le match reprenne pour poursuivre sa quête. Enfin, il repéra Ragon. Cette fois, il n'y avait aucun doute. Il le vit se diriger vers l'intérieur des tribunes, là où était installés les fast-food. Marius le suivit discrètement, patient, cherchant le bon moment pour l'aborder. Lorsque Ragon s'engagea dans un escalier isolé, Marius saisit sa chance. Il l'attrapa par le bras, le plaquant contre le mur avant de commencer à le questionner, le regard plein de détermination. Malgré sa carrure plus frêle, Marius avait cette capacité étonnante d'impressionner n'importe qui grâce à son regard, une aptitude qui se manifestait toujours quand il en avait vraiment besoin.

- Où est Cristo ? demanda Marius d'une voix tranchante, presque menaçante.
- Je ne connais pas de Cristo, répondit Ragon, sur la défensive.

Marius arqua un sourcil, avant de sortir son téléphone et de brandir la photo de Cristo devant le visage de Ragon. Sur l'image, on les voyait clairement, côte à côte.

- Tu ne le connais pas, hein ? rétorqua Marius avec un sourire froid.

Ragon, pris de court, baissa les yeux sur la photo, son visage blême.

- Ah... ce Cristo, murmura-t-il. Oui, c'est une vieille connaissance, mais ça fait longtemps que je ne l'ai pas vu. Mais t'es qui, toi ? Pourquoi tu le cherches, et c'est quoi ce délire, pourquoi tu m'agresses comme ça ?
- Crois-moi, je ne t'agresse pas, répondit Marius avec une froideur glaçante.

Sans prévenir, il agrippa Ragon et le fit basculer violemment contre la rambarde de l'escalier, son corps suspendu au-dessus du vide.

- Et là, tu te sens agressé ? C'est haut, non ? Où est-il ?!

Ragon, terrifié, agrippa la rambarde de toutes ses forces, les larmes montant à ses yeux.

- Arrête, s'il te plaît ! Je veux pas mourir pour lui... gémit-il, les sanglots déformant sa voix. Attends... ça fait un moment que je ne l'ai pas vu, mais je sais où lui et ses complices ont l'habitude de se retrouver.

Marius, impassible, le remonta lentement vers lui.

- Je t'écoute, souffla-t-il en redressant Ragon, le regard dur et implacable.

Lui aussi était un peu perturbé, il n'avait pas pour habitude d'agir de la sorte.
- Ils se retrouvent souvent à la sortie du chemin des crêtes, qui se trouve à l'extrémité de la ville. Cherche la bâtisse en pierre au creux du vallon et tu le trouveras sûrement, mais surtout ne dis pas que les informations viennent de moi.

D'autres supporters du groupe de Ragon s'approchèrent rapidement, visiblement alertés. L'un d'eux s'inquiéta pour lui.
- Tout va bien, Ragon ? demanda-t-il.

Ragon, encore sous le choc de ce qui venait de se passer, leur raconta en quelques mots la confrontation brutale avec Marius. À l'écoute de son récit, la colère monta chez ses camarades, leurs regards s'assombrissant. Ils se mirent aussitôt à avancer vers Marius, furieux. Marius, conscient de la situation, n'attendit pas qu'ils réagissent. Il s'élança à travers les couloirs du stade, le cœur battant. Il dévalait les étages, un par un, mais bientôt, il se retrouva face à une impasse. Coincé. Son souffle s'accéléra tandis qu'il comprenait qu'il n'avait plus d'échappatoire. Ragon et ses amis arrivaient à grands pas, déterminés à en découdre. Juste à ce moment-là, la mi-temps fut sifflée. Le public, en masse, déferla dans les travées du stade, remplissant les couloirs étroits. Marius vit là une chance inespérée. Il se rappela de "la Patte à Bulles" qu'Ambre lui avait confiée. Sans perdre un instant, il la sortit du sac et la mâcha énergiquement. Puis, d'un souffle puissant, il libéra des centaines de bulles violettes qui se mirent à flotter et à tourbillonner autour de lui. Très vite, un immense nuage pourpre envahit tout le couloir, rendant la vision impossible. Profitant de cette diversion, Marius se faufila discrètement à travers la foule, se glissant hors de portée des regards. Sans se retourner, il se précipita vers la sortie. Tant pis pour Teddy, il le retrouvera plus tard à l'orphelinat. Pendant ce temps, Teddy, perplexe et déçu, cherchait Marius dans les tribunes. Ne le voyant nulle part, il en déduisit que son ami l'avait abandonné. Ruminant son amertume, il décida de rentrer seul à l'orphelinat. Arrivé dans la chambre, sans un mot, il se glissa directement sous les draps, ignorant les tentatives de Marius pour lui parler. Il ne voulait rien entendre. Au petit matin, Marius se réveilla en constatant que le lit de Teddy était vide. Il tendit l'oreille, entendant des bruits venant de la salle d'eau. Intrigué, il se leva et découvrit Teddy en train d'examiner attentivement son sac.

- Te gêne pas ! Pourquoi tu fouilles dans mes affaires ? Demanda Marius un peu énervé que son ami explore son sac où se trouvaient les Bakayas secrètes.
- Tu ne me laisses pas le choix avec tous tes secrets ! dit Teddy. Tu es mon ami et désolé mais j'ai peur pour toi…. Déjà l'autre soir et maintenant tu disparais du stade sans raison. Tu ne me fais pas confiance ? Tu as peur que je te dénonce ? J'ai jamais cafté personne et encore moins mes amis.
- Me dénoncer ? Mais il n'y rien à dénoncer, répondit Marius
- Bah alors, pourquoi tu ne me dis pas ce qui se passe et pourquoi soudainement tous ces mystères ? demanda Teddy avec sincérité à Marius.
- Tu es mon ami, même mon meilleur ami, répondit Marius. Je ne veux pas te mettre en danger, même si pour cela tu ne veux plus me parler. S'il te plait, fait-moi confiance. Tu sais très bien que je meurs d'envie de tout

te dire. Des que je pourrai, tu seras le premier informé de ce qui se passe dans ma vie. Pour l'instant et j'en suis vraiment navré, je ne peux pas. C'est pour ton bien petit frère.
- Bon... Ok.. dit Teddy chagriné. Je ne comprend pas tout mais... je te fais confiance.

Marius était bien conscient de la peine qu'il infligeait à son ami mais n'ayant pas le choix, il le laissa dans ses pensées. Marius quitta l'orphelinat en direction de la librairie de Lyna pour informer les deux soeurs Valcaniennes des derniers évènements et des informations récoltées au stade. Arrivé devant la librairie, Marius remarqua qu'un écriteau était pendu sur la porte, sur celui-ci était inscrit "Fermé jusqu'à nouvel ordre". Marius inquiet, essaya de voir à travers la porte vitrée mais ne vit rien. Après quelques secondes d'hésitation, il décida de forcer la porte et de rentrer dans la librairie afin de savoir où étaient passées les deux soeurs. Il évoluait lentement pour ne pas faire de bruits jusqu'à arriver devant l'étagère ou se trouvait le livre, qui une fois actionné, permettait d'accéder à la pièce secrète. Marius tira sur l'ouvrage et le passage s'ouvrit. Il entra dans la pièce et discerna tout de suite une personne assise de dos sur

le fauteuil tournant de Lyna qui était en train de fouiller dans les documents éparpillés sur le bureau. Marius se rendit compte rapidement que ce n'était pas elle car de longs cheveux grisonnants dépassaient du dossier.
- Mais…qui êtes vous? demanda Marius.
Le fauteuil se tourna lentement, Marius y découvrit alors Mistralus, le maitre du grimoire de Baume.
- Bonjour Marius, comment va-tu ? demanda Mistralus.
- Ça va merci..? Que se passe t'il ? Où sont Ambre et Lyna ? demanda le jeune homme.
- Après tes derniers exploits hier au stade, l'information de ton arrivée s'est propagée aussi rapidement que fond neige au soleil. Les complices de Cristo l'ont aussi informé que tu le cherchais avec l'aide d'Ambre et de Lyna. Ce matin, alors que Lyna ouvrait le magasin, des hommes, sûrement les disciples de Cristo ont essayé de l'enlever. Ambre est intervenue pour aider sa soeur mais elle n'a rien pu faire. Elles ont été enlevées toutes les deux. Heureusement pour nous, Ambre porte à son poignet un bracelet fait d'une plume de

mouette sacrée. La mouette sacrée qui a fait son nid sur le Pic de l'Étoile, à l'endroit même où l'étoile est tombée, a hérité de plusieurs facultés dont celle, extraordinaire, de pouvoir communiquer avec le peuple de l'étoile. Elle a aussi un don qui va beaucoup nous servir dans ce cas précis. Elle peut ressentir la présence d'un de ses congénères à des kilomètres à la ronde. Elle pourra donc sûrement repérer la plume et donc Ambre et Lyna par la même occasion. Tu dois me suivre jusqu'à son nid et essayer tant bien que mal de lui demander ce service. Attention car cet étrange animal va te demander quelque chose en retour. Quelle-que soit cette demande, tu devras y répondre positivement sous peine qu'elle ne nous aide pas à retrouver la plume.

Marius et Mistralus gravissaient le Pic escarpé, leurs pas résonnant sur les rochers. Leur seul objectif, trouver ce fameux nid, perché au sommet. Après une ascension éprouvante, ils atteignirent enfin leur destination. Le nid, immense et tressé de branches, se dressait devant eux, mais à première vue, il semblait désert. Marius s'approcha prudemment, ses yeux scrutant l'intérieur du nid. À sa grande surprise, il y découvrit plusieurs œufs, délicatement posés au centre. Alors qu'il se penchait pour mieux les observer, un battement d'ailes furieux retentit au-dessus de lui. Sans prévenir, la mouette réapparut, une furie de plumes et de cris perçants. Pensant que Marius était venu pour voler ses œufs, elle fonça sur lui avec une violence inattendue, ses ailes fouettant l'air, son bec cherchant à le frapper. Marius recula précipitamment, protégeant son visage avec ses bras, tentant en vain de calmer l'oiseau enragé, tandis que Mistralus restait en retrait, observant la scène avec un mélange de prudence et d'amusement...

- Arrête! Dit Marius, je ne te veux pas de mal ! Ni à toi, ni à tes oeufs.
- Tu ne me prendras pas mes petits ! lança la mouette tout en continuant de frapper Marius avec son bec.
- Je n'en veux pas, je te le promets ! dit Marius en essayant de se protéger. Je veux juste ton aide.

Soudain, la mouette arrêta de violenter le pauvre garçon.

- Tu m'as compris ? Je ne le crois pas… Tu es l'héritier ? Ce n'était donc pas une légende. Que veux tu de moi, héritier du peuple de l'étoile ?
- J'ai besoin de tes facultés extraordinaires pour repérer mes amies qui ont été enlevées. L'une d'elles porte à son poignet une magnifique plume offerte à mon peuple par l'un de tes ancêtres.
- Une plume ? Je ne sais pas si je vais réussir car si cette plume vous a été donné il y a plusieurs années, les facultés qui la composent sont certainement altérées. Mais je veux bien essayer de repérer tes amis, répondit la mouette. Mais comme ça ne va pas être aussi aisé que tu ne le penses, pourrais-tu me rendre un petit service en échange de mon aide ?
- Oui, répondit Marius. Tout ce que tu voudras.

Mistralus demanda alors à Marius ce que la mouette lui avait répondu car seul l'héritier avait la faculté de la comprendre.

- J'essaie depuis très longtemps de pêcher un poisson rare qui se trouve uniquement aux

abords d'une vielle épave, dit la mouette. Cette épave se trouve juste à l'entrée du port, sur sa coque engloutie est inscrit "La Sartine". Si tu arrives à me ramener ce poisson si précieux à mes yeux, je t'amènerai jusqu'à l'endroit où sont retenues tes amis.
- Alors ? Rétorqua Mistralus. Par pitié, que t'a-t-elle demandé ?
- Tout ce que tu voudras, dit Marius à la mouette.

Marius dit alors à Mistralus le souhait de la mouette sacrée.
- Plus une minute à perdre, dit Marius. En route pour le port !
- Je vais t'attendre ici, si ça ne te dérange pas. Je ne suis plus tout jeune et mes jambes n'en font qu'à leur tête. Il faudrait peut-être que je trouve dans le grimoire une formule pour créer des raccourcis, répondit Mistralus.
- Ne vous en faites pas, je vous promets de les ramener ici en sécurité, saines et sauves. Dit Marius.

Il se mit donc en chemin, direction le port. Canne à pêche en main, il s'approcha du quai et s'adressa à un vieux pécheur.

- Quel est le meilleur appât pour faire mordre un poisson qui vit en eau profonde ? lui demanda Marius.
- Pour être sûr de réussir à pêcher des poissons de ce type, il te faut des morceaux de mie de pain imbibés de nectar d'anis, c'est une spécialité locale que nous, les anciens, buvons avant chaque repas.

Marius se rendit dans le commerce le plus proche et acheta tout ce qu'il fallait pour préparer cet appât. Il ne lui resta plus qu'à rejoindre sa vieille barque, amarrée à proximité, pour se rendre au-dessus de l'épave. Mais pour la localiser, Marius ne savait pas du tout comment s'y prendre. Il demanda alors au vieux pêcheur s'il avait déjà entendu parler de cette épave. Par chance, le vieil homme savait exactement où elle se trouvait et indiqua du doigt à Marius l'endroit où il devait pêcher. C'est dans une mer d'huile que la barque naviguea jusqu'au-dessus du navire échoué. Marius prépara son appât et lança sa ligne depuis la proue du bateau. Les heures passèrent et rien ne mordit. Marius commença à se demander si l'appât était vraiment efficace. Au bout de quelques heures, la canne s'agita enfin. Une bataille épique s'engagea alors entre le jeune homme et le poisson, qui refusa de s'offrir à lui. Marius s'agrippa de toutes ses forces et parvint finalement à sortir le précieux poisson de l'eau. C'est une espèce magnifique, aux écailles bleutées. Marius le saisit et retourna vers le quai, épuisé par cette pêche éprouvante. Après avoir de nouveau traverser les sous-sols de la ville, il arriva prêt du sommet du Pic de l'Étoile où se trouvait le nid de la mouette sacrée..

- Te revoilà, toi… As-tu réussi à pécher ce poisson ? demanda la mouette.
- Tu as réussi ! s'exclama Mistralus, soulagé de voir le jeune homme et le poisson.
- Oui, le voici. Ce n'était pas facile mais je l'ai. Il est à toi ! annonça Marius en tendant le poisson à l'animal.
- Je salive rien qu'à l'idée de le déguster, dit la mouette en s'approchant du poisson.
- Stop ! dit Marius. Avant qu'il ne t'appartienne, tu dois me mener à l'endroit exact où se trouvent la plume et mes amies.
- Tu as raison, jeune héritier, ne bouge surtout pas ! dit la mouette avant de s'envoler majestueusement.

Un long moment passa et à l'approche du crépuscule, la mouette revint.

- Je les ai trouvées ! dit-elle. Elles sont derrière la quatrième colline, direction sud-est, sur l'ancien chemin des crêtes, dans une vielle bâtisse toute en pierre. Tout droit dans cette direction, à vol d'oiseau. dit la mouette en montrant le cap à prendre à l'aide de son aile droite.
- Mais bien sûr ! dit Marius, la bâtisse qu'a évoquée Ragon. Pourquoi n'ai-je pas fait le lien plus tôt ?

Mistralus qui attendait Marius prêt du nid, lança dans le bec de la mouette, le poisson si rare. L'oiseau se délecta aussitôt. Elle le dévora bruyamment sans se soucier de ce qui l'entourait.

- Tu iras plus vite sans moi. Prends le sac et sois prudent, dit Mistralus en s'adressant à Marius, qui s'enfonçait déjà dans la colline, suivant la direction indiquée par la mouette.

La nuit tomba et Marius avança dans la haute garrigue de Lacydon. Après de longues et périlleuses heures de marche, Marius commença à sentir le froid s'infiltrer peu à peu dans tout son corps. Il sortit du sac une cape qui une fois mise sur le dos, régula la température de son corps et lui donna une sensation de bien-être et de chaleur. Revigoré, il arriva enfin près de la vielle bâtisse en pierre. Marius se rapprocha en observant tout autour de lui et en essayant de ne pas faire de bruit. Il aperçut enfin Ambre et Lyna prisonnières dans une des pièces de la bâtisse. Il s'approcha encore plus près et arriva devant une autre fenêtre, il vit dans la pièce principale, quatre hommes qui discutaient. Marius ouvrit le sac et rechercha une Bakaya qui pourrait l'aider. Soudain il repéra la flûte de somnolence, la même que Cristo avait utilisée pour s'emparer du grimoire. Marius, en confiance, entra dans la bâtisse, sortit la flûte devant les hommes surpris et se mit à jouer. Ce qu'il ne savait pas, c'est que grâce aux formules du grimoire, la maison était couverte par un sort de protection. Marius se retrouva alors devant ces hommes à jouer très mal d'une flûte ordinaire. Quelques secondes de flottement passèrent, puis Marius se mit à courir hors de la bâtisse. Les hommes le poursuivirent à l'extérieur. Marius, caché derrière un muret, sortit la première chose qu'il trouva dans le sac, une petite gourmandise appelée double

calisson.. Cette sucrerie enchantée, une fois mangée, permet d'avoir un double de soi-même pendant trente minutes. Marius avala le calisson ni une ni deux, et son double apparut comme par magie.
- Salut Marius, dit le double.
- Salut….. Marius, répondit Marius troublé. J'ai besoin de ton aide pour sauver mes…nos amis.
- Donne un ordre et j'exécute, après tout, toi et moi sommes la même personne.
- Merci….Clone de Moi..… Il faudrait que tu fasses une diversion en courant bruyamment loin de la bâtisse. Une fois les hommes assez loin, j'irai libérer Lyna et Ambre.
- C'est parti ! dit le double de Marius en s'éloignant de la bâtisse bruyamment pour attirer l'attention des gardes qui se précipitèrent à ses trousses.

Grâce à cette diversion, Marius pénétra alors dans la maison et libéra les deux soeurs. Ils s'enfuirent tous les trois sans bruit dans l'obscurité de la garrigue . Une fois arrivé au repère, Lyna ne voulut pas entrer dans ce qu'elle consi-

dérait comme le lieu qui représentait la source de leurs problèmes.
- Bon alors tu viens ? demanda Ambre à Lyna.
- Je pense que je vais retourner dans ma librairie. répondit Lyna.
- Mais tu as perdu la tête, tu as déjà oublié qu'on nous a enlevé là-bas ? C'est trop risqué, tu dois rester ici avec moi, dit Ambre.
- Mais je veux pas… à chaque fois c'est pareil.. répondit Lyna hésitante. On croit que c'est terminé mais ça recommence encore et encore.
- Les filles, vous ne voulez pas continuer cette discussion autour d'un bon plat ? demanda Marius qui se frotta le ventre en pensant au repas qui l'attendait.
- L'héritier est un ventre sur pattes, dit Ambre tout en tirant Lyna à l'intérieur du repère.

À l'intérieur, Mistralus les accueillit chaleureusement avec bienveillance, son sourire éclairant la pièce. Autour de la grande table en bois, chacun prit place, et bientôt, l'atmosphère se détendit. Les rires et les conversations se mêlèrent aux bruits des couverts, et même Lyna, d'abord crispée, finit par se détendre, un sourire timide apparaissant sur son visage. Marius, légèrement en retrait, observait la scène. Ce moment, simple et réconfortant, avait pour lui une résonance particulière. Il n'avait jamais connu de véritable repas de famille, mais à cet instant, tout semblait lui rappeler ce qu'il avait longtemps imaginé. Lentement, il sentit un sentiment étrange, doux et apaisant, l'envahir. Pour la première fois de sa vie, il avait l'impression d'être chez lui.

- Tu ne dis rien, dit Mistralus.
- C'est vrai…, vous écouter me suffit amplement. Je me sens bien parmi vous, dit Marius avec gratitude.
- Aller mange, je vais prendre ta part sinon, dit Ambre en plaisantant.
- C'est vrai que ça fait longtemps que je n'ai pas vécu une aussi belle soirée…dit Lyna avec sincérité. Ça aurait été merveilleux si je n'avais pas passé l'une des pires journées de ma vie.

Mistralus posa un regard empreint de tendresse sur les jeunes gens réunis autour de lui. Pour lui, ils étaient bien plus que des compagnons de route ou des protégés, ils étaient comme ses propres enfants, chacun occupant une place unique dans son cœur. Un doux sourire se dessina sur ses lèvres, tandis qu'il les observait.

- Profitez bien de cette soirée, demain, nous devrons nous remettre sur la piste du grimoire, annonça Mistralus d'une voix calme. Vous pouvez rester ici autant que nécessaire. Il y a des chambres à l'étage.

Le lendemain, Marius se réveilla avant tout le monde. Descendant silencieusement, il trouva Mistralus déjà installé dans la cuisine, cette pièce qui, pour eux, était le coeur du repaire.

- Bien dormi ? demanda Mistralus en tendant une tasse de thé à Marius.
- Oui, très bien... merci, répondit Marius en prenant la tasse. Il hésita un instant puis se lança. J'ai une question à vous poser... Vous m'avez dit l'autre jour de suivre mon instinct et de me laisser guider par les signes, mais... jusqu'à présent, je n'ai vu aucun signe. Pouvez-vous me dire à quoi je dois m'attendre ? Quel genre de signes dois-je chercher pour retrouver le grimoire ?
- Le grimoire se manifeste différemment à chaque fois. Mon savoir sur l'histoire du

peuple de l'Étoile me permet d'affirmer une chose. Quand ces signes apparaîtront, tu les reconnaîtras sans l'ombre d'un doute. Tu ne pourras pas les ignorer, dit Mistralus en fixant Marius d'un regard bienveillant.

- Je comprends... J'espère seulement que le grimoire m'aidera à le retrouver rapidement, dit Marius en hochant lentement la tête.
- Moi aussi, murmura Mistralus en regardant au loin, l'air pensif. Moi aussi...

Chapitre 3
CRISTO

Dans la pénombre d'une pièce sombre, au cœur d'un vieux fort sur l'Île du Château, située au large de Lacydon, un homme, assis de dos, demeurait immobile. La lueur d'une torche éclairait à peine les pierres usées des murs. Devant lui, quatre hommes se tenaient, debout, le regard baissé. C'étaient eux, les ravisseurs, qui avait pour mission de capturer les deux sœurs. Leurs voix, chargées de crainte, résonnaient dans la pièce tandis qu'ils tentaient d'expliquer leur échec. Mais l'homme, silencieux, écoutait sans se retourner, une ombre menaçante pesant sur chacun de leurs mots.

- C'était un sort puissant qui nous a trompés, dit avec soumission l'un des hommes. Nous avons poursuivi le garçon pendant un long moment dans la garrigue mais tout d'un coup, il a disparu sous nos yeux comme par magie. À notre retour à la bastide, les filles

n'étaient plus là. Nous te promettons Cristo! Nous avons fait de notre mieux…
- De ton mieux, tu dis ?.. demanda Cristo en ouvrant le grimoire. Si le mieux que tu puisse faire est cela, tu ne m'es pas d'une grande utilité.

Soudain, Cristo lut une formule se trouvant dans le grimoire. Les mots étranges qu'il prononça transformèrent instantanément le malheureux en une petite cigale, un insecte très répandu dans la région. Les hommes derrière, effrayés par le sort que Cristo avait jeté à leur ami, se prosternèrent en implorant grâce et pardon.
- Du calme, messieurs… Je suis sûr que vous avez compris l'importance de votre tâche et qu'à présent vous ne faillirez plus, dit Cristo.

Cristo ramassa l'insecte et le plaça dans un grand aquarium où se trouvaient déjà des centaines d'autres cigales, sûrement d'autres victimes du cruel Valcanien.
- À présent, vous avez trouvé toute la motivation nécessaire pour retrouvez ce garçon, ramenez-le-moi ici! dit Cristo aux hommes. J'ai besoin de lui et de sa pierre.

Marius décida de retourner dans la grotte du Pic de l'Étoile, l'endroit où tout avait commencé. Là où des signes pourraient se présenter à lui de façon évidente. Sur le chemin, il repensait à ces derniers jours, aux choses si extraordinaires dont il avait été témoin et au sacrifice que ses parents avaient faits pour le sauver. En contrebas, il aperçut soudain un petit olivier qui paraissait bien seul au beau milieu de cette immense garrigue. Marius se rappela alors que dans le berceau que ses parents avaient laissé dans la grotte, se trouvait un rameau d'olivier. Ce signe résonnait comme une évidence dans la tête du jeune garçon qui se dirigea vers l'arbre.

Arrivé devant lui, il essaya de trouver quelque chose qui pourrait le mettre sur la piste du grimoire. Il tourna autour puis lui grimpa dessus. Mais rien n'y fit, il ne trouva rien. Il regarda alors l'horizon et, au loin, aperçut un autre olivier esseulé. Marius dévala la montagne dans la direction de l'arbre.

Arrivé devant lui, il vit un autre plus loin, puis un autre, puis encore un autre. Cette ligne d'oliviers était clairement un chemin qui s'ouvrait à lui. Marius suivit les arbres jusqu'à arriver une nouvelle fois devant le port, décidément, tous les chemins menaient au port de Lacydon.

Il aperçut soudain de l'autre côté de la rive, un bateau nommé "L'Olivier" amarré sur l'embarcadère. Il comprit très vite qu'il devait monter à bord et que ce navire le mènerait sûrement vers le grimoire. Cependant, pour arriver de l'autre côté de la rive, il dut emprunter un petit bateau navette qui faisait le pont entre les deux quais du port. Marius monta sur le petit ferry pour rejoindre "L'Olivier" qui semblait être sur le départ. Au moment où Marius mit le pied sur le ferry, les hommes de Cristo lui emboîtèrent discrètement le pas mais Marius les repéra. Trop tard, le bateau naviguait et il n'y avait pas d'échappatoire pendant la traversée. Marius se faufila entre les touristes pour éviter que les hommes l'alpaguent. Cette fois, il n'avait plus de solution, il était coincé au bout du navire. Il mit alors la main dans le sac et en sortit ce qu'il pouvait. C'était une nouvelle fois la flûte de somnolence. Marius, effrayé à l'idée que la flûte le laisse de nouveau tomber, se lança tout de même.

- Tu devrais pouvoir m'aider à présent, dit Marius avant de souffler dans la flûte.

Une douce musique envoûtante sortit de l'instrument qui endormit les hommes de Cristo, mais pas qu'eux. Toutes les personnes sur le ferry, y compris le capitaine, furent touchées par la magie de la flûte. Le bateau se mit alors à dériver. Marius devait réagir pour que la navette ne s'échoue pas, il accourut précipitamment dans la cabine pour redresser la barre et ramener tout ce petit monde sain et sauf à bon port. Cette manœuvre éloigna malheureusement Marius du bateau dont l'équipage commençait déjà les manœuvres de départ. Il repéra alors une trottinette électrique posée sans surveillance contre un feu rouge et s'en empara pour filer à toute vitesse vers le navire, avant qu'il ne s'éloigne. Par chance, il arriva à temps, prenant soin de déposer la trottinette sur un autre feu placé juste devant l'embarcadère. Une fois monté à bord, il reprit son souffle et demanda à un membre de l'équipage de le renseigner.
- S'il vous plaît, qu'elle est la destination de ce navire ? demanda Marius
- Nous allons sur l'Île au Château, jeune moussaillon, répondit le matelot. Nous resterons sur l'île tout l'après-midi, ça vous laissera le temps de l'explorer comme elle le

mérite. Ne ratez surtout pas l'heure du retour, nous reprenons la mer pour dix-sept heures. Nous n'attendrons personne, et je ne vous conseille vraiment pas de passer une nuit sur cette île maudite. Je ne sais pas si vous êtes au courant, mais avant d'être un lieu touristique, c'était une prison. Les détenus étaient confinés dans d'atroces conditions. Beaucoup d'entre eux ont fini leurs jours dans ce lieu et la légende raconte que chaque nuit, leurs âmes emprisonnées seraient libérées pour semer la terreur dans tout le château.

- Je ne crois pas aux fantômes, dit Marius. Ce sont des histoires pour éviter que des rôdeurs envahissent les lieux à la nuit tombée. Pas vrai ?...
- Si vous le dites... dit le matelot en souriant.

Le commandant annonça l'arrivée sur l'île et tout le monde se leva pour sortir du bateau.

Une fois les pieds sur la terre ferme, Marius s'extrait des groupes de touristes qui se dirigeaient vers les anciens cachots du château et décida d'explorer seul l'aile la plus isolée de la bâtisse. Il arriva devant une tour faite de briques, abritant un immense escalier en colimaçon qui menait à l'ancien mirador de la prison.

De là-haut, il aurait un point de vue unique de l'île et pourrait certainement repérer la planque de Cristo.

Une fois arrivé en haut de l'escalier, Marius poussa une vieille porte en bois et pénétra au dernier étage de cette tour où se trouvait aujourd'hui l'observatoire panoramique du château. Au milieu de la pièce se trouvait un support en bois et posé dessus, le grimoire de Baume.

Marius se précipita alors vers lui pour le prendre, mais au moment où il allait pour le saisir, Marius entendit des bruits de pas juste derrière lui. En se retournant lentement, il aperçut une silhouette juste derrière, en mouvement. La porte se ferma brutalement, il n'y avait pourtant aucun courant d'air. Marius entendit comme des bruits de serrures se verrouillant. Légèrement paniqué, le jeune homme se rendit compte que cette porte était la seule issue pour redescendre. Il chercha par tous les moyens à trouver un moyen de redescendre, mais rien n'y fit. Il s'approcha alors du grimoire, pensant y trouver une formule qui pourrait l'aider à trouver un autre moyen pour redescendre. Au moment où il essaya d'ouvrir le livre, les mains du jeune homme passèrent étrangement au travers. Marius ne comprenait pas pourquoi il n'arrivait pas à toucher le grimoire.

- Sort d'illusion, dit une voix qui résonna dans la pénombre.
- Qui est là ? demande Marius.
- Le grimoire, il n'est pas vraiment là. C'est un sort d'illusion qui le rend visible... mais c'est une coquille vide. Il n'y a rien dans cette pièce... à part toi et moi... Alors, c'est toi ?!... l'héritier... dit la voix d'un ton narquois.
- Oui, apparemment... mais qui es-tu ? demanda Marius qui essayait de repérer où était l'homme qui lui parlait. C'est toi... Cristo..?
- Tu en as mis du temps... Alors, ça fait quoi d'être soudainement le centre du monde ? Je suis sûr que l'on t'a raconté des choses horribles à mon sujet. Ils sont loin de tout savoir, crois-moi... Toi et ton peuple, vous nous avez toujours traités avec une incom-

mensurable condescendance. Je ne doute pas de votre amour, mais cet amour est équivalent à celui qu'un homme peut avoir pour son animal de compagnie. Quand il est question de choisir entre vous et nous, il n'y a bien sûr qu'une voie évidente à vos yeux. Vous vous ferez toujours passer avant toutes choses, la mission du peuple de l'étoile passe avant tout. Nous, Valcaniens, n'avons le droit que d'aider et d'admirer vos pouvoirs et votre supériorité inventée de toutes pièces par tes ancêtres..

Marius écouta le long monologue de Cristo, chaque mot résonnant comme une menace. L'inquiétude grandissait en lui à mesure que Cristo dévoilait tout ce qu'il avait sur le cœur. Marius savait très bien qu'après avoir vidé son sac, Cristo n'en resterait pas là. Il avait la certitude qu'il serait la prochaine cible de cette colère démesurée. Il jeta des regards furtifs autour de lui, tentant désespérément de trouver une échappatoire, une porte de sortie, mais rien ne se présentait à lui.

- J'ai beaucoup entendu d'histoires à ton sujet. Quelle déception... dit Cristo avec moquerie. Alors, tu n'as pas d'objets magiques pour te sortir de là... La vérité est que, sans les pouvoirs de l'étoile, tu n'es qu'un garçon sans grand intérêt... Maintenant que tu es conscient de n'être qu'un imposteur, je vais pouvoir me débarrasser de toi... De toute manière, tu ne manqueras à personne, n'est-ce pas ? ajouta Cristo avec mépris.

La nuit tomba, et la corne du bateau retentit, signalant son départ de l'île. Marius, paniqué, cria de toutes ses forces, espérant qu'un membre de l'équipage l'entende, mais rien n'y fit. Le bateau s'éloignait déjà du rivage, emportant avec lui ses dernières chances de quitter l'île.
- Hahaha... personne ne t'entend ici, dit Cristo en riant. Trêve de bavardages !

Cristo ouvrit le vrai grimoire, ses yeux brûlant d'une détermination sombre, et commença à réciter une incantation. Des cordes jaillirent aussitôt, s'enroulant autour de Marius et l'immobilisant au sol. Satisfait, Cristo pénétra dans la pièce, s'approchant lentement tout en continuant de lire d'une voix ferme. Mais rien ne se produisit. Troublé, il fronça les sourcils et ses yeux se posèrent sur le cou de Marius, où pendait une pierre scintillante. Il reconnut immédiatement la pierre de protection absolue. Le regard de Cristo s'illumina d'une convoitise féroce à la vue de cet artefact tant désiré. Il tendit la main pour la saisir, mais échoua. La pierre protégeait son porteur, et tant que Marius ne le permettait pas, rien ne pourrait l'atteindre. Cristo, frustré, tenta à nouveau, encore et encore, jusqu'à ce que la pierre émette soudain une puissante vague d'énergie. Celle-ci le propulsa violemment contre le mur au fond de la pièce.

À cet instant, les cordes se relâchèrent, et Marius, n'ayant pas une seconde à perdre, profita de l'occasion pour s'échapper. Il se redressa d'un bond, courant à toute allure vers l'escalier en colimaçon. Il descendit les marches précipitamment, le cœur battant. Mais à peine arrivé en bas, il s'immobilisa brutalement.

- Le grimoire ! s'exclama-t-il en réalisant qu'il avait oublié le précieux livre.

Sans réfléchir, il remonta les escaliers aussi vite que ses jambes le lui permettaient. Cependant, une fois revenu dans la pièce, il n'y trouva plus aucune trace du grimoire ni de Cristo. Ils avaient disparu comme par enchantement. Accâblé, Marius redescendit lentement l'escalier en colimaçon, l'esprit embrouillé.

Devant l'embarcadère, la réalité le frappa avec une implacable certitude. Il n'avait pas rêvé, le bateau était bien parti. Il était condamné à passer la nuit sur cette île, avec la menace constante que Cristo ne revienne pour achever son œuvre. Il chercha alors un endroit sûr pour se cacher jusqu'à l'aube, guettant avec angoisse l'arrivée de la première navette. L'air marin, chargé de fraîcheur, le poussa à se réfugier dans les murs de l'ancienne prison.

Après avoir trouvé un recoin qui lui paraissait un tant soit peu sécurisant, Marius s'installa, espérant enfin pouvoir se reposer. Mais à peine s'était-il assis qu'il entendit des bruits inquiétants. Une porte grinça, s'entrouvrant puis se refermant seule, alors qu'il n'y avait aucun souffle de vent à l'intérieur. Puis vinrent des murmures, des chuchotements indistincts, suivis de cris glaçants qui semblaient provenir des cellules abandonnées. Le visage de Marius se figea repensant à l'histoire que le matelot lui avait racontée plus tôt dans la journée. Et dans cette atmosphère oppressante, ses certitudes sur l'inexistence des fantômes vacillèrent. Il se couvrit la tête avec sa veste, espérant trouver un peu de répit.

La nuit, bien qu'oppressante, passa lentement. Le chant des mouettes finit par réveiller Marius qui éprouva un immense soulagement en voyant les premiers rayons du soleil illuminer cette île si inhospitalière. Sans perdre un instant, Marius se précipita vers l'embarcadère. Là, un voilier de touristes venait de faire une courte escale matinale. Sans hésiter, il monta à bord et expliqua aux touristes sa mésaventure.

Le bateau l'emmena enfin loin de cette île maudite, le ramenant sain et sauf au port de Lacydon.

Chapitre 4
UN TRÉSOR

Épuisé, Marius regagna le repère des Valcaniens pour se restaurer et se reposer, s'écroulant de fatigue sur un des lits.

À son réveil, Mistralus était à ses côtés, assis tout près de lui.

- La nuit a été compliquée, à ce que je vois, dit Mistralus. As-tu vu le grimoire sur l'île ?
- Oui… je l'ai vu, répondit Marius. Cristo était là aussi, et il a essayé de s'en prendre à moi. Heureusement, la pierre m'a protégé, mais dans la panique, je l'ai laissé fuir. Lui et le grimoire, du même coup.
- Tu n'as pas une idée d'où il peut se trouver à présent ? demanda Mistralus.
- Il a disparu comme ça…, répondit Marius d'une petite voix. Tout était si confus. Je vous ai déçu, j'en suis conscient.
- Tu as fait ce que tu pouvais, j'en suis certain, répondit Mistralus. Malheureusement,

ce n'était pas assez. Il tapota la main de Marius en guise de réconfort et sortit de la pièce en le laissant méditer.

Marius se rendit compte que Mistralus avait laissé volontairement une vieille lettre sur le lit. En ouvrant la lettre, Marius découvrit un message que ses parents lui avaient laissé comme testament et confié à Mistralus qui l'avait gardé précieusement jusqu'à aujourd'hui.

" Marius, notre amour, notre univers, notre espoir. Si tu lis cette lettre, c'est que nous ne sommes plus à tes côtés. Nous sommes tellement heureux que tu sois entré dans nos vies. Nous sommes désormais une famille unie, quoi qu'il puisse arriver. Au moment où tu lis ces mots, tu dois te sentir si seul sans nous. Sache que nous vivons à travers toi et que nous t'accompagnons à chacun de tes pas. Le temps guérit toutes les blessures, et elles se transforment en cicatrices qui te fortifient. Depuis ton premier souffle de vie, tu n'as fait que nous surprendre par tes actions, même les plus anodines. Tu es fait pour de grandes choses, Marius. Des épreuves difficiles et dangereuses se présenteront à toi. Prends-les une par une et affronte-les avec courage et détermination. Ne laisse jamais personne te faire

croire qu'il te connaît mieux que toi-même. Choisis toujours le bien plutôt que le mal et essaie de t'améliorer un peu plus chaque jour. Tu ne te tromperas jamais de voie si tu suis la logique de ton cœur. Les âmes ne sont pas toutes bonnes ni mauvaises. Cependant, certaines d'entre elles ne valent plus la peine que tu essaies de les sauver, car leur noirceur est absolue. Sois de ceux qui aident l'opprimé, et non l'agresseur. Le courage, comme la peur, est une émotion guidée par le cerveau. Si tu maîtrises ces émotions, plus rien ne pourra t'arrêter. Sois tout de même prudent dans tes projets et assure-toi toujours d'avoir une solution de repli en cas d'échec. Ces échecs seront les marches qui te guideront vers le succès. La magie, la vraie magie, vient de ton intérieur, et elle te guidera chaque jour vers un avenir que nous pensons être extraordinaire. Fais confiance aux personnes sincères, celles qui se soucient réellement de toi sans intérêt. Fais ta vie, vis-la à fond et profite de chaque instant avec les personnes que tu aimes. Vis tes passions et passionne-toi pour la vie. Garde un équilibre sain entre ton bien-être et tes ambitions. C'est ici que nos chemins se séparent pour l'instant, mais

comme nous te l'avons dit, nous serons toujours à tes côtés, où que tu te trouves. Un dernier conseil, quand tu penses être perdu et que tous tes repères ont disparu, reviens sur tes pas et retourne à ton point de départ. Nous t'aimons plus que tout, toi, notre seul et unique trésor, notre petit Marius !
Fanny & César, tes parents "

Marius, débordé par ses émotions, versa une larme qui tomba sur la lettre de ses parents. Il se leva, le cœur lourd, et regarda par la fenêtre en direction du Pic de l'Étoile, où les souvenirs affluaient. À cet instant, Lyna et Ambre entrèrent dans la pièce. Elles remarquèrent immédiatement la tristesse qui assombrissait le visage de Marius.

- Ça va ? demanda Ambre à Marius.
- Tu peux nous parler si tu le souhaites, poursuivit Lyna.
- …C'est gentil… répondit Marius en souriant aux deux sœurs. Ça va passer… Il faut que je réfléchisse à l'endroit où le grimoire se trouve.

Au même moment, Marius pensa à la dernière phrase de la lettre « *Quand tu penses être perdu et que tous tes repères ont disparu, reviens sur tes pas et retourne à ton point de départ.* »
Cette phrase résonna en lui comme une évidence. Ni une ni deux, Marius prit son manteau et partit, laissant Ambre et Lyna dans l'incompréhension.
- Tu as compris quelque chose, toi ? demanda Ambre à Lyna.
- Je pense qu'il n'y avait rien à comprendre, répondit Lyna. Il voulait juste rester seul, je pense.
- Oui… C'est vrai que t'es lourde quand tu t'y mets, toi, dit Ambre en se levant, laissant Lyna seule en pleine réflexion.
- Mais… j'ai rien dit moi… j'ai rien dit… c'est vrai que je me répète.

Marius avait compris qu'il devait retourner là où tout avait commencé. Arrivé devant la grotte du Pic de l'Étoile, il pénétra à l'intérieur. Il avançait dans l'obscurité, une légère lueur provenant d'un cénote guidait ses pas dans la cavité. Il progressa jusqu'à se retrouver devant une impasse. Marius observa tout autour de lui, mais ne vit rien qui pourrait l'aider. Au moment où il décida de ressortir, il entendit un bruit, puis un autre. Intrigué, Marius se rapprocha de ces sons et aperçut une petite ombre qui sautait. En s'approchant, il ne distingua rien d'autre que des cailloux en forme de grenouille, ce qui l'intrigua. Il se rapprocha encore quand, soudain, les cailloux en forme de grenouille commencèrent à sauter. Marius suivit cette étrange grenouille jusqu'à la cavité centrale de la grotte. À ce moment-là, la grenouille de pierre s'arrêta, et un silence étrange enveloppa l'endroit.

- Depuis si longtemps je t'attends, dit-elle. Tu es bien Marius ? L'héritier ? Je m'appelle Ventou.
- Ventou ? dit Marius troublé par cette grenouille faite de pierre qui parle. Comment peux tu… ?
- Il y a très longtemps, j'étais une grenouille tout à fait normale, je menais une vie paisible dans cette grotte. Le jour où tes parents t'ont déposé ici et que tout était ravagé à l'extérieur, ils me confièrent une mission très importante. Pour être sûrs que je te transmette ce message et que rien ne puisse me faire du mal entre-temps, ils me trans-

formèrent en pierre. Une fois que ce message te sera transmis, je retrouverai mon apparence et je pourrai sortir de cette grotte. Enfin, te voilà…
- Un message ? Quel est donc ce message, Ventou ? demanda Marius, troublé.
- Euh… Je ne m'en rappelle plus… Attends ! dit la grenouille en panique. Oui, ça y est ! Le message dit : « Trouve le peintre du destin. »
- C'est tout ? demanda Marius.
- Oui…pourquoi ? répond Ventou.
- Je ne sais pas, je m'attendais à quelque chose de plus précis. Tu as une idée de qui est ce peintre et de l'endroit où je peux le trouver ? interrogea Marius.
- Pas du tout, je ne suis qu'une grenouille. dit Ventou.

À ce moment même, Ventou reprit son apparence initiale de grenouille ordinaire et sortit de la grotte. Marius essaya de réfléchir, mais il n'avait aucune idée de qui était ce peintre du destin. Il regagna alors la ville et se dirigea vers la cuisine, espérant que Mistralus pourrait l'éclairer.

- Bonjour, Marius, dit Mistralus.
- Bonjour, répondit Marius. Avez-vous déjà entendu parler de ce peintre du destin ?
- Peintre du destin… Peintre du destin… répéta Mistralus, cherchant dans l'une des bibliothèques. Il en tira un vieux livre et le posa sur son bureau. Ses doigts feuilletèrent les pages jusqu'à ce qu'il s'arrête sur l'une d'elles.
- Voilà ! s'exclama Mistralus en montrant à Marius la page où l'histoire du peintre était racontée.

Mistralus se mit alors à lire.
- Le peintre du destin a le don de peindre une scène qui se produira dans un futur proche. Il ne peut dessiner qu'une seule toile par décennie. Autant dire que si une toile est dessinée, il faut s'armer de patience pour voir une nouvelle œuvre. La légende raconte que Nanos, le premier habitant de la montagne, se vit offrir par le roi Protis, venu des mers du Sud, un pinceau extraordinaire en échange de la main de sa fille Gyptis. Depuis ce jour, ce pinceau est transmis de génération en génération. Les descendants durent fuir la mon-

tagne lors de l'attaque de Donca pour trouver refuge dans le nord de Lacydon, là où se trouve aujourd'hui le quartier populaire de Blanc-Castel, où vivent les personnes les plus modestes de la ville. »

- Tu sais, Marius, ce côté de la cité est aussi accueillant que dangereux, poursuivit Mistralus. La majorité des personnes vivant là-bas sont des gens honnêtes, remplis de valeurs et d'empathie, mais une minorité malveillante y sème la terreur dans le but de s'enrichir sur le dos des autres. Le peintre doit habiter sur les hauteurs, là où peu de monde a élu domicile. Pour t'y rendre, tu devras traverser le marché aux plumes. Il porte ce nom en référence à l'époque où l'on écrivait nos ouvrages avec des plumes. À cette époque, elles venaient du monde entier et se vendaient en nombre chaque jour dans ce lieu. Aujourd'hui, le marché abrite un immense marché couvert. Des marchands de tous horizons y vendent fruits, légumes, viande, poisson et une multitude d'objets venus des quatre coins du monde. Certains d'entre eux sont étranges et mystérieux. De ce que l'on m'a rapporté, le peintre du destin raffole de ces objets étranges. Essaie d'en trouver un, le plus original possible et offre-le-lui en cadeau.

Une fois cette étape franchie, tu devras te rendre au pied de la falaise interdite, où se trouve l'escalier qui te mènera sur les hauteurs où se trouve sûrement le peintre du destin. Cependant, cet escalier est occupé par d'autres types de marchands qui n'aiment pas les visiteurs et encore moins les inconnus. Tu devras faire preuve de malice pour monter cet escalier sans te faire remarquer. Tu pourras utiliser les Bakayas se trouvant dans ton sac, mais n'oublie pas que tu ne peux les utiliser qu'une seule fois et que tu devras revenir par le même chemin, l'unique chemin.

- J'espère vraiment que le peintre pourra m'aider à retrouver le grimoire, dit Marius.
- À présent Marius, ta vie ne sera qu'une succession de batailles et d'épreuves, mais chacune d'elles te rendra plus fort. Garde l'esprit clair et aie confiance en ta destinée, dit Mistralus.

Marius remercia Mistralus et sortit du repère en direction du marché aux plumes. Ambre et

Lyna, les deux sœurs valcaniennes, étaient sur le toit de l'immeuble à observer le coucher de soleil, Mistralus les rejoignit.

- Bonsoir les filles, est-ce que tout va bien ? demanda Mistralus.
- Oui, tout va bien… mis à part que nous ne pouvons rien faire pour vous aider à retrouver le grimoire, répondit Ambre.
- Je sais que cela doit être difficile pour vous de rester là immobiles… Tu es bien silencieuse, Lyna ? s'inquiéta Mistralus.
- Je n'ai pas grand-chose à dire… répondit Lyna.
- Pour une fois… dit Ambre avec humour.
- C'est vrai que j'ai mis énormément de distance entre vous et moi ces dernières années, mais mon cœur me dit de venir en aide à mon peuple, confia Lyna. Je vous avoue être un peu perdue à présent. Le fait de rester ici, bloquée et inutile, accentue ce sentiment.
- Elle a raison, Mistralus, dit Ambre. J'ai l'impression que vous n'avez pas confiance en nous.
- Justement ! répondit-il. Je suis venu vers vous pour vous demander de l'aide.

- Je vous écoute, dit Ambre, qui semblait soudain remotivée.
- On vous écoute ! répliqua Lyna.
- Du calme, jeunes filles… J'aurai besoin de chacune de vos qualités respectives, dit Mistralus. Tout d'abord, Ambre, j'aurai besoin de tes talents de dissimulation et de ta discrétion pour suivre Marius et veiller à ce que personne ne le suive ni ne l'attaque par derrière. Lyna, avec tes connaissances en technologie et tes dons d'investigation, tu pourras, tout en restant en sécurité ici, guider et renseigner Ambre tout au long du périple. Tu seras la petite voix dans l'oreille qui la protège également.
- On commence quand ? demanda Ambre à Mistralus avec empressement.

Le lendemain matin, tout le monde était en place. Marius partit en direction du marché aux plumes, sans se douter que les deux sœurs valcaniennes veillaient sur lui. Lyna était bien installée dans une des pièces du repère, avec du matériel informatique, des écrans de géolocalisation et un équipement lui permettant de communiquer avec sa sœur. Enfin, Ambre était ha-

billée comme une fille de la ville pour passer inaperçue derrière Marius.
- Tu m'entends bien ? demanda Ambre à Lyna en chuchotant, alors qu'elle suivait discrètement Marius à bonne distance.
- Cinq sur cinq, répondit Lyna, qui prenait son rôle très au sérieux.
- Commence pas avec tes codes que personne, mis à part toi, ne comprend, dit Ambre, exaspérée.
- Le loup est dans la bergerie. Je répète, le loup est dans la bergerie, répliqua Lyna d'un ton sérieux.
- Et dire que ça commence à peine, soupira Ambre avec dépit.
- Tu es exactement à quinze mètres derrière lui, reste discrète ! Je répète, reste discrète, insista Lyna.
- Tu m'as collé un mouchard ? demanda Ambre. Bon, écoute, je vais faire avec tous tes gadgets, mais par pitié, arrête de te répéter à chaque phrase.
- J'ai fait ça moi ?... J'ai fait ça ? se répéta Lyna, un peu perplexe.

- Je te préviens, la prochaine fois, je jette l'oreillette ! s'exclama Ambre, agacée.
- Affirmatif… répondit Lyna délicatement.

Marius approcha de l'entrée du grand Marché aux Plumes. Les senteurs d'épices cohabitaient avec celles des fruits et légumes colorant les étals des marchands bien remplis. Les allées étaient bondées, et il était difficile de se frayer un chemin, mais Marius avançait tant bien que mal. Par moments, Ambre le perdait de vue, mais grâce aux informations que Lyna lui transmettait en temps réel, elle réussissait toujours à le suivre.

Pendant ce temps, de son côté, Mistralus s'était retiré au sommet du Pic de l'Étoile en attendant le retour d'Ambre et de Marius. Son attention fut soudain attirée par une silhouette près de la grotte. S'approchant discrètement, il s'inquiétait de savoir qui se tenait devant lui.

- Qui es-tu !? demanda Mistralus, la voix grave.

La silhouette se retourna, révélant un jeune homme. C'était Teddy, l'ami de Marius, qui avait certainement décidé de le suivre plus tôt et de découvrir ce que Marius lui cachait.

- Moi, c'est Teddy, mais qui êtes-vous ? répondit-il. Où sommes-nous?
- Comment es-tu arrivé ici, jeune homme ? interrogea Mistralus.
- Je cherche mon ami… mon ami Marius. Je l'ai vu entrer dans le métro, puis dans une porte. J'ai ensuite suivi le souterrain, passé la cascade et enfin monté cet immense escalier. Vous n'avez pas répondu à ma question. Où sommes-nous et où est Marius ?
- Tu n'aurais jamais dû le suivre ! Tu es bien sûr d'être un ami de Marius ? demanda Mistralus, s'approchant avec un air menaçant.
- Oui, c'est mon meilleur ami… on est voisins de lit à l'orphelinat, répondit Teddy, l'air inquiet.
- L'orphelinat… murmura Mistralus, comprenant que Teddy disait vrai..
- En venant ici, tu te mets en danger et par la même occasion, tu fais aussi courir un risque à Marius, dit Mistralus.
- Je veux juste comprendre… J'étais sûr que Marius avait des soucis, mais j'ai l'impression que c'est encore plus grave que je ne l'imaginais.

- Marius n'est pas en danger dans l'immédiat, si ça peut te rassurer. Il doit mener à bien sa mission pour être en sécurité, expliqua Mistralus. Retourne à l'orphelinat et oublie ce lieu.
- Oublier ? demanda Teddy, choqué. Mais c'est impossible ! Vous n'avez pas répondu à mes questions ! Je ne sais toujours pas qui vous êtes.
- Je m'appelle Mistralus, je suis un vieil ami des défunts parents de Marius. Maintenant, tu dois partir… J'informerai Marius de ta visite à son retour.

Teddy acquiesça, bien que visiblement frustré par le manque de réponses, et quitta la montagne sans se retourner. Une fois sorti du métro, il décida d'attendre que Mistralus en sorte à son tour. Il le suivit ensuite jusqu'au repère secret des valcaniens. Après avoir observé Mistralus y entrer, caché de l'autre côté de la rue, Teddy s'approcha. Il essaya de regarder par une des fenêtres, mais ne vit qu'une salle vide. Intrigué, il décida de pénétrer à son tour dans ce qui semblait être un restaurant vide. À l'intérieur, il découvrit une salle ordinaire, mais aucun personnel n'était présent, pas de serveurs, ni de bruits de cuisson non plus. Il avança un peu plus loin, franchissant une première porte qui le mena à la cuisine. D'une propreté impeccable, tout y était rangé minutieusement. Curieux, il ouvrit une nouvelle porte qui lui donna accès au couloir des tableaux. Au bout du couloir, il aboutit enfin dans la pièce ronde. Une lumière attira son attention vers une des pièces attenantes. Lyna se tenait là, de dos, concentrée devant des écrans qui suivaient Ambre et Marius à la trace. Teddy s'approcha discrètement, espérant enfin comprendre ce qui se déroulait dans ce lieu mystérieux.

Alors qu'il s'approchait, il remarqua l'intensité de l'éclairage des écrans, qui illuminaient les traits déterminés de Lyna. Les données défilaient rapidement, montrant chaque mouvement de Marius, chaque échange furtif avec les marchands, tandis qu'Ambre restait cachée dans l'ombre. Teddy se rendit compte qu'il était entré dans un monde qu'il ne comprenait pas encore, mais qui promettait des révélations.

- Qu'est-ce qui se passe ici ? murmura Teddy, sa curiosité piquée au vif.

Lyna, surprise, se retourna et lui lança un regard perçant, semblant évaluer si elle pouvait lui faire confiance.

- Que fais-tu là ?! hurla soudain Mistralus, surprenant Teddy dans son dos.

Teddy se figea, pris sur le fait.

- Rien… répondit-il d'une voix tremblante, ses yeux évitant ceux de Mistralus.
- Je t'ai pourtant bien expliqué la situation ! Est-ce que tu es sourd ? s'emporta Mistralus, furieux. Te voilà maintenant condamné à rester ici jusqu'au retour d'Ambre et Marius. Cette fois-ci, tu vas m'écouter ! Assieds-toi !

Teddy, intimidé, s'exécuta immédiatement, mais à peine installé, il sentit que quelque chose clochait.

- Quoi… qu'est-ce que… ? marmonna-t-il, essayant de se relever, en vain.
- Tu viens de t'asseoir sur le « fauteuil malin », dit Lyna avec un sourire en coin. Il n'en fait qu'à sa tête, et personne ne sait quand il décidera de te laisser partir.

Teddy, complètement abasourdi, observa Lyna qui s'approcha avec une attitude nonchalante.

- Salut... Moi, c'est Lyna, la sœur d'Ambre et gardienne de Marius, se présenta-t-elle en croisant les bras.
- Enchanté..., répondit Teddy, encore plus perdu qu'auparavant.
- Ne t'en fais pas, on s'habitue vite à ce genre de bizarrerie, lança Lyna avec un haussement d'épaules. Bon, prends ton mal en patience. Moi, j'ai du travail, si tu as besoin de quoi que ce soit... enfin, demande à Mistralus. Je ne suis pas une nounou, moi.

Lyna retourna à son poste, laissant Teddy seul, les yeux écarquillés, observant ce lieu si particulier. Des écrans, des gadgets et des technologies avancées entouraient Lyna, tandis qu'elle reprenait son rôle de vigie.

- Charlie, Tango, Alpha... Charlie, Tango, Alpha... répéta Lyna dans son talkie-walkie, concentrée.
- Oui, je t'entends, mais je ne comprends pas ton charabia, répondit Ambre de l'autre côté. Parle normalement, on est dans l'allée principale. Attends, Marius s'arrête devant un marchand.

Le marché aux Plumes grouillait de vie, les allées pleines à craquer de badauds et de marchands criant leurs prix. Marius venait de s'arrêter devant une échoppe des plus étranges. Sur le sol, des lanternes de toutes les couleurs éclairaient l'espace d'une lumière douce, presque mystique. De petits meubles farfelus, aux formes biscornues, étaient disposés ici et là, et dans le fond de l'échoppe, un immense mur de plumes de toutes tailles, toutes formes et de multiples couleurs captiva l'attention de Marius. S'approchant, il les observa. Un vieil homme, visiblement non-voyant, se tenait derrière le comptoir.

- Elles sont magnifiques, murmura Marius en effleurant du bout des doigts quelques-unes des plumes.
- Leur beauté n'est pas leur plus grande qualité, répondit le vendeur d'une voix rauque mais posée. Certaines d'entre elles ont une mission. Et, au moment opportun, elles prennent vie.

Marius fronça les sourcils, intrigué.

- Quel est leur principal usage ? demanda-t-il, curieux.

- Une plume sert à écrire… une histoire, un message, le passé… ou peut-être le futur. Qui sait ? répondit l'homme tout en sortant délicatement trois plumes qu'il posa devant Marius en les alignant soigneusement.

La première avait des reflets bleutés, la seconde affichait des nuances d'orange et de vert, et la troisième quant à elle, d'un éclat doré, semblait presque briller comme l'or.

- Dix pièces, c'est ce que j'en demande, dit le marchand en fixant Marius, malgré son apparente cécité. Ce n'est pas cher payé pour un objet si rare et particulier. Fais ton choix, ce sont mes plus belles plumes.

Marius hésita un instant, ses yeux examinant chacune des plumes. Quelque chose dans la plume dorée l'attirait, comme si elle murmurait à son âme.

- Je vais prendre celle-ci, dit-il enfin, saisissant la plume dorée.

Le marchand esquissa alors un léger sourire mystérieux.

- Bon choix… Très bon choix, murmura-t-il avant de prendre l'argent et de disparaître dans l'ombre de son échoppe.

Ambre, cachée à quelques mètres, observait la scène, tout en communiquant avec Lyna.
- Il a pris une plume. Qu'est-ce que tu en penses ? murmura-t-elle.
- J'en pense que ça doit avoir une signification, continue de le suivre discrètement, mais reste sur tes gardes.

Soulagé d'avoir trouvé un cadeau pour le peintre, Marius continua à traverser le marché sous l'étroite surveillance des deux sœurs. Il était presque à la sortie du marché lorsqu'il fut témoin d'une scène des plus révoltantes. Un vieillard d'apparence très pauvre se faisait maltraiter par deux hommes plus jeunes, apparemment parce qu'il n'avait pas le droit de rester à cet endroit.
- Arrêtez ! dit Marius en saisissant la main de l'un des hommes.
- Tu n'aurais jamais dû te mêler de nos affaires, garçon, répondit l'homme en s'approchant, menaçant.

Le deuxième homme donna un coup de pied dans la canne du vieillard, qui s'écroula au sol. La colère envahit Marius, qui sortit un sac de poudre de son sac, en prit une poignée dans sa

main et souffla en direction des deux agresseurs. Il n'avait aucune idée de ce qu'était cette poudre, mais les hommes furent aveuglés un court instant. Cependant, Marius n'avait fait que les énerver encore plus. L'un d'eux le saisit par le col.
- Je dois intervenir, dit Ambre à Lyna.
- Non, surtout pas, tu ne pourras plus le suivre et ses arrières ne seront plus sécurisés, répliqua Lyna.

Au moment où l'homme s'apprêtait à asséner un coup de poing à Marius, il se mit soudain à rire, incapable de se contrôler.
- La poudre hilarante, dit Ambre. Il leur a fait respirer de la poudre hilarante. Son effet dure une dizaine de minutes et, une fois inhalée, on ne peut plus rien faire d'autre que de se tordre de rire.

Marius comprit rapidement que c'était l'effet de la poudre. Il redressa le vieil homme, s'assura qu'il n'avait rien de cassé, puis le raccompagna jusqu'à la sortie du marché.
- Merci beaucoup, jeune homme. Quel est votre nom ? demanda le vieillard, reconnaissant.

- Je m'appelle Marius, répondit-il.
- Marius… Je me souviendrai de ce jour et de votre bravoure, si rare de nos jours, dit l'homme avec admiration.
- Vous devriez éviter ce genre d'endroit. Vous n'y êtes pas en sécurité. Bonne continuation, monsieur, ajouta Marius en glissant discrètement de l'argent dans la poche du vieil homme.
- Il est enfin sorti du marché, dit Ambre à Lyna. Cela va être plus difficile de rester discrète à présent.
- Fais très attention, répondit Lyna. Tu vas bientôt arriver dans le secteur de l'escalier.

Marius monta une pente qui menait au pied de la falaise interdite où se trouvait l'escalier menant aux hauteurs, là où se trouvait probablement le peintre du destin. Plusieurs hommes étaient postés sur les premières marches de l'escalier. Ils n'avaient pas l'air accueillants, mais Marius s'approcha sans hésitation. Bizarrement, les hommes le laissèrent passer sans même poser un regard sur lui. Ambre, qui le suivait, mit un couvre-chef pour cacher ses longs cheveux et adopta une attitude masculine afin de tromper

les gardiens. Au moment où elle passait à leur niveau, l'un d'eux s'adressa à elle.
- Salut, mon gars, tu veux quelque chose pour te détendre ? J'ai un arrivage tout chaud.
- Non merci, j'ai déjà ce qu'il me faut, répondit Ambre d'une voix grave.

Cela suffit à duper les hommes, qui ne semblaient pas tout à fait en forme. Lyna, soulagée que sa sœur ne se soit pas fait repérer, suivait l'évolution de la situation à distance. Marius avançait prudemment dans l'escalier, où quelques hommes à moitié endormis étaient disséminés sur les marches montant au sommet. Ambre lui emboîtait le pas avec discrétion.

Enfin, le haut plateau se présenta à eux. Marius emprunta le seul sentier existant. Après avoir traversé tour à tour une rivière et une forêt, il arriva devant un vieux cabanon aux volets colorés. Il était persuadé que c'était la demeure du peintre du destin. S'approchant, il frappa à la porte.
- Qui est là ? Déclinez votre identité ! lança une voix de l'intérieur.

- Mon nom est Marius, je viens sous les conseils de mes parents et de Mistralus, répondit-il.
- Mistralus ?… Qui sont tes parents ? demanda l'homme.
- Vous êtes bien le peintre du destin ? demanda Marius, hésitant.
- Comment… ? Tu es… Entre, mon garçon, dit l'homme, intrigué par l'arrivée de Marius.
- Il vient de rentrer dans la cabane, dit Ambre à Lyna.
- Je vois grâce aux images satellites que ce baraquement a une porte et deux fenêtres à l'arrière, tu devrais t'en rapprocher, conseilla Lyna.
- Trop, c'est trop ! s'énerva Ambre en retirant son oreillette.
- Allô ? Ambre ? La liaison est perdue… Je répète, la liaison est perdue, répéta Lyna, inquiète.

À l'intérieur du cabanon, Marius était en admiration devant des dizaines de tableaux magnifiques accrochés sur les murs. Certains d'entre

eux lui rappelaient étrangement des passages des récits de Mistralus sur le peuple de l'étoile.
- J'ai eu peur que ce soit encore un des jeunes qui ont élu domicile en bas de la falaise, expliqua le peintre. Ils veulent toujours me vendre quelque chose. Ils ne sont pas méchants, mais certains, poussés par la cupidité, ont implanté un trafic de produits étranges qui gangrènent la vie des autres. Tu as eu de la chance de ne pas les croiser. Mais trêve de sornettes, quelle est la raison de ta venue, jeune Marius ?
- Tout d'abord, laissez-moi vous offrir ce modeste présent, dit Marius en tendant la plume dorée qu'il avait achetée au marché.
- Un cadeau pour moi ? Quelle attention sympathique… Attends voir… Une plume de busard doré. C'est très rare. On m'a raconté que l'une d'elles avait servi à écrire des messages visibles uniquement par les personnes au cœur pur. Je te remercie pour ce magnifique cadeau, Marius. Je te promets d'en faire bon usage. J'imagine que tu es venu pour que je peigne une toile. Le problème, c'est que je ne dessine plus depuis longtemps, et j'ai peur que mon manque de

pratique ne soit pas à la hauteur de la magie de cette plume.
- Je veux bien essayer tout de même, dit le peintre en voyant la déception sur le visage de Marius.

Les heures passèrent, et le peintre, malgré plusieurs essais, ne parvint à rien. Il jetait ses tentatives infructueuses l'une après l'autre. Marius s'assoupit sur un fauteuil, tandis qu'Ambre s'endormit sous le rebord de la fenêtre, épuisée de voir cet homme recommencer sans succès encore et encore. De son côté, Lyna tentait de rétablir le contact.
- Ambre, si tu m'entends, réponds-moi. Juste un signe… Un petit signe… Ambre, réponds-moi, je m'inquiète. AMBRE !

Ambre entendit ce cri qui la réveilla et remit son oreillette.
- Je t'entends, répondit-elle. Pas si fort, ils pourraient t'entendre de l'intérieur.
- Ne fais plus jamais ça, dit Lyna, soulagée. J'ai cru que…
- Que quoi ? répliqua Ambre. Ne t'inquiète pas pour moi. Je sais me défendre, on ne peut pas en dire autant de toi, grande sœur.

- Mais je sais aussi me défendre, rétorqua Lyna. Une fois, il y avait un lézard géant dans la librairie, et j'ai crié si fort qu'il est parti aussitôt ! Alors ? Hein ? Je…
- Oh, quel courage ! Je suis impressionnée, répondit Ambre avec ironie.

Cette conversation attira l'attention du peintre, qui entendit des murmures à l'extérieur. Déjà en manque d'inspiration, il s'arrêta de peindre et sortit pour voir ce qui se passait. Ambre, qui le vit sortir, se cacha dans un tonneau vide. Le peintre fit le tour de la maisonnette et, arrivé près d'Ambre, il marqua une pause. La jeune valcanienne cessa de respirer, persuadée qu'il allait la découvrir. Heureusement pour elle, un jeune homme sorti de nulle part vint proposer au peintre des plantes censées favoriser le sommeil. Le peintre le remercia sans rien lui acheter et le reconduisit à la sortie de son terrain, avant de retourner à l'intérieur de la maison.

- Je ne suis pas en mesure de réaliser cette œuvre pour l'instant, annonça-t-il à Marius. Mais je continuerai d'essayer jusqu'à ce que l'inspiration me revienne.
- J'ai besoin de cette toile, dit Marius, dépité.

- Je te promets, Marius, quand le pinceau fera son œuvre, je te l'apporterai en personne, répliqua le peintre.
- Je compte sur vous. Je n'ai pas d'autre piste, répondit Marius.
- C'est promis ! dit le peintre.

Le jeune homme repartir alors vers la falaise.

Ambre, qui avait suivi la scène de loin, était tout aussi abattue que Marius. Elle le suivit en direction de la falaise pour redescendre vers la ville en empruntant de nouveau l'escalier.

La nuit commençait à tomber quand Marius entama la descente. De nombreuses personnes s'étaient installées sur les marches, rendant la progression difficile pour le jeune garçon. Arrivé à mi-chemin, deux hommes lui barrèrent la route et lui ordonnèrent de vider son sac.

- Je ne veux pas de problèmes, je veux juste redescendre, dit Marius avec une pointe d'agacement.
- Si tu veux pas de problèmes, donne-nous ton sac, répliqua l'un des hommes avec insistance.

- Écoutez, j'ai passé une sale journée, alors par pitié, laissez-moi passer, demanda Marius, tentant de garder son calme.

Sans plus attendre, le deuxième homme arracha le sac des mains de Marius, tandis que le premier le poussa violemment. Marius dégringola les marches, se blessant dans sa chute. Tandis qu'il essayait de se relever, les hommes se moquèrent de lui et voulurent ouvrir son sac. Soudain, Ambre apparut, lançant une petite balle qui rebondissait partout et qui grossissait à chaque impact. La balle sema rapidement la confusion dans l'escalier, rebondissant sur les agresseurs de Marius et les désorientant totalement. Ambre profita du chaos pour récupérer le sac et aider Marius à fuir. Pour assurer leur retraite, elle utilisa également un savon très glissant qu'elle trouva dans le sac. Une fois étalé sur les marches, il était impossible d'évoluer sans glisser. Les hommes, tout en essayant de stopper la balle déchaînée, furent piégés par le savon, incapables de maintenir leur équilibre. Ambre et Marius descendirent alors l'escalier à toute vitesse.

- Attention ! intervint Lyna dans l'oreillette d'Ambre. Vous ne pourrez pas emprunter le même chemin pour rentrer. À la fin de l'escalier, prenez immédiatement le chemin entre les deux immeubles à votre gauche. Ensuite, courez jusqu'à l'arrêt de bus pour ne pas être repérés par des disciples de Cristo, Ce faubourg en est rempli.

Grâce aux indications précises de sa sœur, Ambre guida Marius en toute sécurité jusqu'à l'intérieur du bus.

Essoufflés, ils prirent place.

- Pourquoi tu m'as suivi ?! demanda Marius, encore à bout de souffle
- C'est tout ce que tu as envie de me dire ? Tu n'as pas un autre mot qui te vient à l'esprit ? rétorqua Ambre, visiblement irritée.
- Oui, tu as raison... Merci, Ambre, concéda Marius.
- Ambre ! hurla Lyna dans l'oreillette. C'est une blague, non ? Sans mon aide, vous seriez encore là-bas !
- Arrête de crier, soupira Ambre.
- Je ne crie pas, répliqua Marius, confus.
- Ce n'est pas à toi que je parle, expliqua Ambre. C'est Lyna qui hurle dans mon oreille.

- Lyna ? Vous vous prenez pour des baby-sitters ou quoi ? plaisanta Marius en parlant à l'oreillette.
- J'ai rien entendu, dit Lyna, ignorant la question de Marius.
- Oui, merci Lyna, répondit Marius. Il ne manque que Mistralus, du coup. Où est-il ? demanda Marius en scrutant l'intérieur du bus. Apercevant quelqu'un de dos qui lui ressemblait, il posa sa main sur l'épaule de l'homme, mais s'aperçut que ce dernier était un inconnu souriant, édenté.
- Désolé, monsieur, je vous ai pris pour quelqu'un d'autre, s'excusa Marius, avant de retourner à sa place..
- Reprends tes esprits, lui dit Ambre. Tu ne pensais tout de même pas que nous allions te laisser embarquer seul dans cette mission périlleuse ? Malheureusement, c'est un échec pour l'instant.

Une fois arrivés au repère, ils rejoignirent Mistralus et Lyna qui étaient en train de préparer un bon repas dans la cuisine. À leur grande surprise, Teddy, libéré du fauteuil magique, les ac-

cueillit en se frottant les poignets, visiblement soulagé.
- Ah, vous voilà enfin ! Ce fichu fauteuil m'a enfin relâché, pile au moment où vous franchissiez la porte. Je pensais vraiment y rester coincé toute la nuit ! s'exclama-t-il avec un sourire un peu forcé, encore troublé par cette expérience étrange.
- Pourquoi es-tu ici ? Demanda Marius étonné de voir son ami dans le repère.
- Ton ami est très curieux.., trop curieux ! répondit Lyna. Tu as eu de la chance, le fauteuil est capricieux d'habitude, ajouta-t-elle amusée.
- Le peintre peut parfois mettre beaucoup de temps à laisser son art se manifester, mais il faut être confiant et optimiste, dit Mistralus en s'adressant à Marius. Pendant votre absence, j'ai reçu un message assez curieux. Gaston, un vieil ami de la ville qui connaît bien mon histoire et qui il m'avait aidé à me cacher pendant la période sombre où le Pic était occupé, m'informe que des phénomènes étranges se produisent à la tombée de la nuit dans une ancienne carrière près de chez lui.

Il dit entendre des bruits qui lui rappellent les expériences que je menais à l'époque où il m'hébergeait. Reposez-vous ce soir et reprenez des forces. Demain, Marius, tu m'accompagneras pour rendre une petite visite à mon vieil ami. Pour l'heure, raccompagne ton ami à l'orphelinat et soyez prudents.

Chapitre 5
UN VIEIL AMI

Assis, le regard perdu dans le ciel, Marius se senti submergé d'émotions par cette nouvelle vie qui bouleversait radicalement son quotidien. Le poids des responsabilités, des échecs et des incertitudes pesaient lourd sur ses jeunes épaules. Ambre et Lyna, sensibles à son malaise, tentèrent de lui remonter le moral.

- Tu sais, personne n'est infaillible, dit Ambre doucement. Si le fardeau est trop lourd pour toi, c'est le moment de le partager.
- C'est vrai, ajouta Lyna. On est tous là pour ça, tu n'es pas seul.

Ces paroles réchauffèrent quelque peu le cœur de Marius et apaisèrent ses pensées tourmentées. Il esquissa un léger sourire, touché par leur soutien, bien qu'une part de lui restait encore plongée dans le doute.

La nuit passa sans encombre. Le lendemain matin, Marius retrouva Mistralus pour l'accompagner voir son vieil ami. Après un bref échange, ils prirent la route dans une vieille voiture qui grinçait à chaque virage. Après une trentaine de minutes, ils arrivèrent devant l'appartement de l'ami de Mistralus. Gaston, un homme au visage marqué par les années, les accueillit dans son logement lugubre, mal éclairé et légèrement vétuste.

- Mon vieil ami, quelle joie de te revoir après tout ce temps, dit Gaston en les accueillant. Installez-vous dans le sofa, je vais vous préparer du thé. J'en ai pour une minute.
- Merci, Gaston. Mais... tu as l'air un peu malade. Je me trompe ? Tu transpires alors qu'il fait plutôt frais ici, observa Mistralus.
- Non, non, tout va bien, répondit Gaston d'une voix tremblotante, alors qu'il s'affairait dans la cuisine.

Tout à coup, Marius et Mistralus entendirent des murmures indistincts. Intrigués, ils échangèrent un regard.

- Que dis-tu, Gaston ? demanda Mistralus, perplexe.

Je n'ai rien dit, mon ami, répondit Gaston d'une voix fluette.

Les murmures reprirent, mais cette fois-ci, Marius était convaincu qu'ils ne venaient pas de la cuisine. Il se leva, guidé par cette étrange atmosphère, et se dirigea vers une porte située au fond du couloir.
- Il y a quelqu'un ? demanda-t-il en ouvrant la porte.

Les murmures cessèrent instantanément. Il se retrouva face à une pièce en désordre, remplie de vieux meubles poussiéreux. Il n'y avait personne. L'inquiétude grandissait en lui, mais il retourna tout de même s'asseoir dans le salon, où il continua de scruter Gaston avec suspicion.
- As-tu besoin d'aide, Gaston ? demanda Mistralus, remarquant à quel point son ami prenait du temps à préparer le thé.
- Ça devient même suspect, murmura Marius à voix basse. Etes-vous certain que cet ami est digne de confiance ?

Il m'a toujours été fidèle dans le passé, répondit Mistralus. Mais il est vrai que son comportement est étrange aujourd'hui... Je vais aller voir ce qu'il mijote. Juste au moment où Mistralus s'apprêtait à se lever pour rejoindre la cuisine,

Gaston apparut enfin, portant un plateau avec du thé et quelques biscuits.
- Alors, mon cher ami, quoi de neuf depuis tout ce temps ? demanda Gaston en posant le plateau devant eux.
- Que du vieux, Gaston, que du vieux… Mais dis-moi, peux-tu nous en dire plus sur ces bruits étranges et cette carrière dont tu m'as parlé ? demanda Mistralus.
- Bien sûr, mais buvez d'abord votre thé. Il est encore bien chaud, insista Gaston avec un sourire crispé.

Sans se méfier, Mistralus et Marius prirent leur tasse et la burent d'une traite. Marius remarqua que le thé avait un goût légèrement amer, mais ils n'y prêta pas attention.
- Il est très bon, ce thé, mon ami, complimenta Mistralus. Maintenant, tu peux…

Soudain, sa phrase resta en suspens. Ses paupières devinrent lourdes et son corps s'affaissa sur le sofa. Marius ne tarda pas à le suivre, sombrant également dans un sommeil profond. Le thé avait été mélangé à un sédatif puissant. Gaston, fidèle compagnon de Mistralus pendant tant d'années, venait de le trahir. À ce moment

précis, Cristo et l'un de ses sbires firent irruption, sortant d'une pièce adjacente d'où provenaient les murmures. Ils s'étaient impatientés, attendant que le plan de Gaston se déroule.
- Bien joué, Gaston, dit Cristo avec un sourire satisfait. Tu vois, ce n'était pas si difficile. Ce n'est même pas une vraie trahison, penses-y. Depuis combien de temps n'a-t-il pas pris de tes nouvelles ? Il n'a d'intérêt que pour lui et son peuple qui nous méprisent depuis toujours. Ils nous regardent de haut, toi comme moi.

Gaston, le visage pâle, restait silencieux, visiblement déchiré entre la culpabilité et la peur. Cristo, indifférent à son malaise, se tourna vers son homme de main.
- Charge-les dans la camionnette! ordonna t-il. Nous retournons à la carrière, il est temps de passer à l'étape suivante.

Mistralus et Marius, inconscients, furent embarqués sans résistance. L'ombre de la carrière se dessinait désormais comme la prochaine étape de leur cauchemar.

Marius se réveilla, assis et attaché dans un chariot rouillé, au cœur d'une vieille mine abandonnée située sous la carrière. À côté de lui, Mistralus dormait encore profondément, sous l'effet persistant du somnifère. Marius, encore un peu groggy, scruta les alentours pour tenter de comprendre où il se trouvait. La lumière était faible, et l'atmosphère pesante. Rapidement, il prit conscience de la gravité de leur situation et se mit à chercher un moyen de se libérer. Il remarqua que l'angle du chariot était légèrement tranchant, une faille qu'il pourrait utiliser pour rompre ses liens. Soudain, il entendit des bruits de pas. Deux hommes portant des torches s'approchaient. Instinctivement, Marius fit semblant d'être encore endormi.

- Regarde ce petit héritier qui fait dodo, se moqua l'un des hommes.
- Un vrai bébé, marmonna l'autre. Il a l'air tellement innocent quand il dort. Tu crois que Cristo nous a dit toute la vérité sur eux ? Franchement, ils n'ont pas l'air si menaçants.
- Méfie-toi, rétorqua le premier. Si jamais ils réussissent à rassembler les pierres avant nous, ils pourraient bien nous réduire en esclavage, comme c'est prédit dans le grimoire.

- Tu l'as lu, ce grimoire ? demanda son compagnon, sceptique.
- Non, c'est Cristo qui nous en a fait la lecture. Lui seul peut déchiffrer cette écriture sacrée, expliqua l'autre. Ils dorment encore profondément. Cristo a dit qu'on devait les jeter dans le cratère au fond de la mine une fois réveillés, pour que leurs souffrances soient à la hauteur de leurs méfaits. Allons, remontons à la surface, nous reviendrons plus tard.

Les deux hommes quittèrent la mine, laissant derrière eux une tension palpable. Marius, désormais au courant du sort funeste qui les attendait, tenta désespérément de réveiller Mistralus. Après plusieurs essais, il parvint finalement à le sortir de son sommeil.

- Mistralus, réveillez-vous ! Cristo veut nous jeter dans un cratère! Il faut qu'on se libère, et vite !
- Quoi ?... Où suis-je ? demanda Mistralus, encore groggy. Que s'est-il passé ?
- Votre vieil ami vous a trahi, il a mis un somnifère puissant dans le thé pour nous livrer à Cristo. Je vais essayer de rompre mes liens avec cet angle aiguisé du chariot. Pouvez-

vous me pousser avec vos pieds pour que j'atteigne le métal ? demanda Marius, déterminé.
- Je vais essayer... murmura Mistralus. Mais je suis faible, le somnifère m'a beaucoup affecté, et mon âge n'aide pas. Je ferai de mon mieux. Es-tu prêt ?
- Oui, allez-y, répondit Marius, serrant les dents.

Avec un effort visible, Mistralus parvint à pousser Marius suffisamment près du métal. Celui-ci frotta frénétiquement les cordes qui l'entravaient contre l'angle du chariot. Après plusieurs minutes d'efforts, la corde céda enfin. Libéré, Marius se hâta de détacher Mistralus. Ensemble, ils se précipitèrent hors du chariot, se dirigeant prudemment vers un couloir sombre qui semblait mener à l'extérieur.

- Si seulement j'avais encore mon sac, murmura Marius. J'aurais pu utiliser un des objets pour nous guider.
- Marius, ces Bakayas sont liés aux pouvoirs de l'étoile. Je t'ai déjà dit que tu possèdes une connexion invisible avec elle. Si tu te concentres suffisamment, tu devrais être ca-

pable de faire émerger cette magie en toi, tout comme tes ancêtres l'ont fait, expliqua Mistralus.
- Vous voulez dire que je peux utiliser la magie de l'étoile sans les objets ni le grimoire de Baume ? demanda Marius, surpris.
- Exactement. Tu es l'héritier, Marius. Et je suis convaincu que, lorsque l'on a un cœur vaillant, rien n'est impossible. Ouvre ton esprit et laisse la magie opérer. Ne laisse pas la peur t'envahir, concentre-toi sur l'étoile. Fais-lui confiance.

Les paroles de Mistralus résonnèrent en Marius comme un éclair de lucidité. Peu à peu, il sentit une énergie monter en lui, une émotion intense qui le submergea. Ses mains commencèrent à briller doucement, une lumière douce et chaude émanant de ses paumes. La lumière forma ensuite une sphère lumineuse qui éclaira le chemin devant eux. Guidés par cette lueur magique, ils traversèrent la mine et parvinrent enfin à sortir de cet endroit lugubre. Essoufflé et épuisé, Marius s'arrêta un instant à l'extérieur, réalisant à moitié ce qui venait de se passer.

- Aujourd'hui, tu as découvert une nouvelle facette du pouvoir qui sommeille en toi, dit Mistralus, impressionné. Mais tu sembles affaibli. Tu ne devrais pas te sentir aussi fatigué tant que tu as ta pierre autour du cou... Ta pierre ! Où est-elle ?

Marius porta la main à son cou, cherchant le collier qu'il portait habituellement, mais ses doigts ne rencontrèrent que sa peau nue.
- Ce n'est pas possible... Cristo a dû s'en emparer pendant que tu étais assoupi, s'écria Mistralus.
- Je ne m'en suis même pas rendu compte, dit Marius, se sentant coupable.
- Cette pierre est spéciale. Personne ne peut la prendre sans le consentement de son porteur... À moins que... Non, c'est impossible. Cela signifierait que Cristo a trouvé la pierre de soumission, celle qui permet de manipuler la volonté des autres. S'il l'a, alors il peut asservir quiconque pour s'approprier le pouvoir de l'étoile, expliqua Mistralus, le visage grave. L'heure est plus que critique, Marius. Nous devons vite trouver de

l'aide pour stopper ce projet funeste avant qu'il ne soit trop tard.

Marius, abattu, baissa la tête.

- Je n'ai rien senti. Comment puis-je protéger les pierres si je ne suis même pas capable de veiller sur un collier autour de mon cou ?
- Ne te flagelle pas, Marius. Les émotions négatives ne nous aideront pas. Nous reviendrons avec des alliés pour récupérer les pierres, mais d'abord, nous devons nous renforcer, répondit Mistralus.

De retour au repaire, Marius se sentait écrasé par le poids des événements. Chaque pas était rempli de doutes. Malgré la présence rassurante de Mistralus et des autres, un profond malaise s'installait en lui. Il avait besoin de solitude. Peut-être que le vent marin et les vagues pourraient apaiser son esprit tourmenté. Il prit son manteau et sortit sans un mot. Le port était toujours animé, même à cette heure tardive. Les cris lointains des marchands, le claquement des cordages et le mouvement de l'eau créèrent un ballet sonore apaisant. Marius longea les quais, les mains enfoncées dans les poches, l'esprit complètement brouillé.

Chapitre 6
LA GRANDE ÎLE

Après avoir longuement marché le long du port, Marius se dirigea vers l'orphelinat pour rendre visite à son ami Teddy. L'air froid de la nuit caressait son visage, mais son esprit était ailleurs, préoccupé par les événements récents. Il espérait que voir son ami, lui apporterait un peu de réconfort. Arrivé devant le grand bâtiment délabré, il poussa la porte grinçante et se rendit directement dans le dortoir. Là, une étrange sensation l'envahit. Le lit de son ami était vide, les draps défaits. Les affaires de Teddy avaient disparu, comme si leur propriétaire s'était volatilisé. Marius regarda autour de lui, incrédule, avant de s'adresser à un autre résident, qui observait la scène en silence.

- Où est Teddy ? demanda-t-il, la voix chargée d'inquiétude.

- Il a quitté l'orphelinat sans donner de raison, dit le garçon en haussant les épaules, un peu gêné. Personne ne sait où il est parti.

Marius sentit son cœur se serrer.

- Et personne ne l'a vu ? Rien d'inhabituel ? insista-t-il, incapable de croire que son ami avait simplement disparu.
- La seule chose étrange, c'est que, juste avant de partir, Teddy parlait d'un nouvel ami qu'il aurait rencontré... quelqu'un qui vivrait dans une carrière, dit le garçon, révélant une information troublante.

Ces mots résonnèrent dans l'esprit de Marius. Une carrière... Cela n'était pas anodin, et immédiatement, il pensa à Cristo. L'idée que Teddy ait pu tomber entre les griffes de cet homme le bouleversa. Après une brève réflexion, un mauvais pressentiment s'empara de lui. Il n'avait pas de temps à perdre. S'il avait raison, Cristo s'en était pris à Teddy, et il devait agir vite. Sans plus attendre, Marius tourna les talons et quitta précipitamment l'orphelinat. Il accourut vers le repaire, le souffle court et l'angoisse au ventre.

- Nous devons y retourner ! dit Marius à Mistralus. Il a embrigadé Teddy, mon ami de l'orphelinat. S'il lui arrive quoi que ce soit, je ne m'en remettrai jamais !
- Calme-toi, Marius, dit Mistralus. Déjà, tu n'as aucune certitude qu'il soit là-bas.

Marius, les épaules voûtées, fixait le sol sans vraiment le voir. Tout semblait se refermer autour de lui. Cristo, la disparition de Teddy, la perte de sa pierre… Il se sentait démuni. Soudain, une porte grinça. Le vieux peintre entra dans la pièce, portant sous son bras un tableau recouvert d'un drap noir. L'atmosphère se fit encore plus lourde. Le regard du peintre était grave, et même avant qu'il ne parle, Marius sut que quelque chose d'important allait être révélé. Le jeune homme se redressa légèrement, le cœur battant.

- Je t'ai apporté quelque chose, Marius, dit le peintre qui posa le tableau sur une table, face à Marius. Ce que tu vas voir n'est pas définitif, mais cela peut te guider dans tes décisions à venir.

Avec une lenteur étudiée, il retira le drap noir. Le tableau apparut alors dans toute sa sombre splendeur. Les couleurs étaient ternes, pesantes, comme si elles étaient saturées de douleur et de souffrance. Au centre, on distinguait une silhouette recroquevillée, baignant dans une lumière froide et bleutée, perdue dans un paysage désertique et hostile. Autour de cette figure, des ombres menaçantes se tordaient, prêtes à l'engloutir. Marius sentit une angoisse grandir en lui. Ses yeux se posèrent sur un détail qui lui fit l'effet d'un coup de poing. Le visage de cette silhouette… C'était celui de Teddy.

- Non… murmura-t-il, le souffle court. C'est Teddy, je le reconnais… Il est en danger.
- Ce tableau… il montre un avenir possible. dit le peintre. Ton ami est piégé, mais rien n'est figé et l'avenir nous réserve quelque fois des surprises inattendues..

Marius se leva d'un bond, son visage déformé par l'émotion.

- Non ! Je refuse de croire que c'est inévitable ! Il doit y avoir quelque chose à faire, il faut que je le sauve !
- Rien n'est gravé dans le marbre, Marius. Ce que je vois dans mes visions ne représente qu'une des nombreuses voies que le destin

peut emprunter, dit le peintre en posant une main apaisante sur l'épaule de Marius.
- Que dois-je faire alors ? implora Marius, les yeux brûlants de larmes retenues. Dis-moi comment éviter ça !
- Le temps est en perpétuel mouvement, influencé par nos décisions et nos actions, répondit doucement le peintre. Chaque choix que tu feras à partir de maintenant pourra t'éloigner de ce destin funeste. Teddy n'est pas encore perdu, mais pour le sauver, tu devras faire face à des épreuves difficiles. Tu devras affronter tes peurs, tes doutes, et surtout, tu devras te battre avec ton cœur et faire confiance à tes alliés.

Marius serra les poings, essayant de maîtriser les émotions qui le submergeaient.
- Je ne laisserai pas Cristo gagner, déclara-t-il avec une détermination nouvelle. Je ne laisserai pas mon ami mourir.

Le peintre quitta alors le repaire, laissant Mistralus avec le jeune héritier. Marius et Mistralus se tenaient au centre du repaire, une lumière tamisée éclairant à peine leurs visages. L'atmosphère, lourde de tension, semblait s'étirer sous

le poids des décisions qui devaient être prises. Mistralus fixait Marius, le visage grave, ses yeux remplis de sagesse et d'appréhension.
- Nous ne pourrons retourner là-bas qu'une fois que nous serons prêts à affronter Cristo, déclara Mistralus d'une voix ferme.

Marius, qui sentait l'urgence peser sur ses épaules, serra les poings. Son impatience montait en lui. Il ne pouvait se résoudre à attendre plus longtemps. Son ami Teddy, la carrière, Cristo… tout cela tourbillonnait dans son esprit comme une tempête. L'idée de retarder l'affrontement lui était insupportable.
- Quand ?! demanda-t-il avec empressement.

Mistralus prit une grande inspiration avant de répondre, tentant de calmer l'ardeur du jeune homme tout en lui exposant la réalité de leur situation.
- Nous devons aller demander de l'aide à d'anciens alliés. dit-il. Les forgerons de la grande île. Ce peuple se trouve à quelques heures de navigation. Les forgerons nous ont toujours aidé à assurer notre défense. Cependant, les habitants de la grande île ont pris une décision importante, il y a longtemps. Ils

ont refusé de se laisser dévorer par les exigences du monde moderne et ont choisi de continuer à vivre comme ils l'ont toujours fait. En préservant leurs savoir-faire ancestraux qu'ils considèrent non seulement suffisants mais aussi beaucoup plus sains, en harmonie avec la nature et les traditions qui les ont façonnés depuis des siècles. Ils sont également des experts en bataille. Leur maîtrise du combat et des armes, perfectionnée au fil des générations, a fait d'eux des guerriers redoutables. Leur aide est inestimable.

Il marqua alors une pause, comme pour laisser à Marius le temps de comprendre l'importance de cette alliance. L'air dans la pièce semblait se figer.

- Cette fidélité date de l'époque où mon défunt père, grâce à la magie d'une des pierres, avait défendu la grande île contre l'attaque des pirates venus du sud, dit Mistralus. Depuis ce jour, les forgerons ont promis d'être aux côtés du peuple de l'étoile quoi qu'il en coûte.

Mistralus leva les yeux vers Marius, cherchant à capter son attention, à l'apaiser malgré la gravité de leurs paroles. Il savait que Marius était impatient mais ils n'avaient pas d'autre choix.

- Nous leur avons alors confié un des fragments de l'étoile nommé "La pierre d'eau". Cette pierre permet à son propriétaire d'être en communion avec cet élément, qui devient son meilleur allié. dit Mistralus.

Marius écoutait, le cœur serré, les mots de Mistralus. Il comprenait l'importance de la mission, de la recherche d'alliés. Mais chaque minute passée loin de Teddy, chaque seconde perdue à ne pas affronter Cristo lui semblait une éternité. Il savait qu'il devait garder la tête froide et se préparer pour l'affrontement inévitable. Cristo n'était pas un ennemi que l'on pouvait défier sans préparation, et la moindre erreur serait fatale pour Teddy.

- Très bien, finit-il par murmurer, résigné. Allons voir ces forgerons.

Mistralus hocha la tête, satisfait que Marius acceptât enfin la voie de la prudence. Sans plus attendre, Mistralus, Marius, Lyna et Ambre prirent la mer.

Après avoir traversé vents et marées, ils arrivèrent enfin au port du Cap, situé au nord de la grande île.

Ils furent accueillis par Doum, le chef et doyen des forgerons. Les quatre compagnons furent accompagnés dans le château du Cap où un accueil extraordinaire les attendait. Une fête fut organisée pour célébrer ces retrouvailles, et un grand banquet leur fut offert. Des musiciens chantaient des mélodies traditionnelles de la grande île, réchauffant l'atmosphère et accompagnant les nombreux mets locaux qui garnissaient la table. La salle de réception était majestueusement décorée de dorures étincelantes et de fleurs multicolores, disposées avec soin. Chaque coin de la pièce exhalait un parfum enivrant, et les rayons de lumière qui traversaient les grandes fenêtres se reflétaient sur les ornements d'or, donnant une aura presque magique à l'endroit. Après tous leurs périples, les quatre compagnons savouraient enfin ce moment de détente et de fête. Les rires, les conversations animées et la musique se mêlaient harmonieusement, créant une atmosphère légère et joyeuse. Mistralus, Marius, Ambre et Lyna se laissèrent porter par cette ambiance bienveillante, comme si les lourds fardeaux qu'ils portaient s'étaient soudainement allégés. Ils se réjouissaient de pouvoir profiter d'un tel répit après tant d'épreuves. Soudain, Doum, le doyen des forgerons, se leva lentement de son siège, attirant l'attention de toute l'assemblée. Les musiciens interrompirent leur mélodie, et un silence respectueux s'installa dans la salle.

- Mes chers amis, commença Doum d'une voix grave et chaleureuse, c'est avec une immense joie que nous vous accueillons ici, en ce lieu qui fut jadis le refuge de vos ancêtres. Vos présences ici sont un signe, un rappel des liens indéfectibles qui unissent nos peuples depuis des générations. Aujourd'hui, nous célébrons ces retrouvailles, mais je sais bien que vous ne venez pas uniquement pour festoyer.

Il marqua une pause, balayant la salle du regard, avant de poursuivre.

- Nous savons pourquoi vous êtes ici, dit-il. Sachez que, comme autrefois, nous serons à vos côtés. Notre loyauté envers le peuple de l'étoile est éternelle. Vous pouvez compter sur nous comme toujours. J'aimerais donc, avant tout, souhaiter la bienvenue à nos fidèles amis venant du continent. J'aimerais ensuite lever mon verre aux jeux de joutes qui commenceront demain au lever du soleil. Je vois bien l'étonnement dans les yeux de nos invités, mais ne soyez pas inquiets, je vais tout vous expliquer. Sur notre belle île, nous avons de nombreuses traditions ancestrales. L'une d'elles permet de choisir nos hommes les plus vaillants pour être sûrs de triompher lors d'une bataille. Cette tradition se nomme "le jeu de joute marine ». Le principe est simple, deux barques se font face, à leur proue se positionnent deux hommes munis de lances en acier forgées par nos artisans. Le premier qui fait tomber l'autre se qualifie pour la phase suivante, et ainsi de suite jusqu'à ce qu'il n'en reste plus qu'un. Le vainqueur du tournoi a le privilège de choisir l'équipage qui l'accompagnera. Toutefois, une petite condition est requise. L'un d'entre vous doit participer au jeu pour signifier l'échange d'engagement. Je vous laisse donc le soin de vous concerter pour choisir votre champion. Mais pour l'heure, place au festin !

Doum tapa dans ses mains avec force, attirant l'attention de toute l'assemblée, avant de se rasseoir, un sourire aux lèvres. Aussitôt, une cohorte de serveurs fit son entrée, portant de grands plateaux débordant de fruits de mer frais, de volaille rôtie à la perfection, et des carafes remplies de boissons étincelantes. La salle entière sembla vibrer de plaisir à la vue de ce festin opulent. Marius, Ambre, Lyna et Mistralus échangèrent des regards étonnés, visiblement pris de court par l'annonce inattendue de Doum concernant les joutes. Chacun d'eux, malgré la surprise, restait silencieux, absorbé dans ses pensées.

- Profitez de la soirée, mes amis. Nous aurons tout le temps de discuter de cette épreuve une fois le repas terminé. Inutile de nous inquiéter maintenant, dit Mistralus d'un ton apaisant, sentant la tension dans l'air.

Ses paroles calmèrent légèrement l'atmosphère, et les compagnons se laissèrent peu à peu gagner par l'ambiance festive. Les rires s'élevèrent autour de la table, et chacun se délecta des mets somptueux qui leur étaient offerts. Les musiciens, installés dans un coin de la salle, jouaient des mélodies entraînantes qui accompagnaient parfaitement la chaleur du moment. Peu à peu, la fatigue des périples précédents s'estompa, et l'esprit de fête prit le dessus.

Le banquet tirant à sa fin, le groupe se leva et remercia chaleureusement leurs hôtes avant de rejoindre les dortoirs qui leur avaient été préparés. Les chambres, simples mais confortables, offraient une vue splendide sur l'océan.

Au petit matin, alors que les premiers rayons du soleil perçaient l'horizon, des chants d'hommes résonnèrent puissamment à travers tout le cap. Leur timbre grave et solennel marquait le début des festivités. L'annonce du commencement des joutes d'ici quelques heures fit vibrer toute l'île, et bientôt, tout le monde se préparait pour la grande épreuve. Mistralus se redressa, scrutant tour à tour les visages de ses compagnons.

- Mes amis, dit-il. Aujourd'hui, nous devons faire honneur à nos hôtes et choisir l'un d'entre nous pour participer au tournoi. Pour ma part, je pense que la qualité majeure que le participant doit avoir n'est pas forcément la force physique, mais plutôt la souplesse, l'équilibre, et la précision. Je n'ai aucun doute sur la personne qui doit nous représenter.

Marius, qui écoutait attentivement, hocha la tête en signe d'approbation.
- Je suis d'accord avec Mistralus, ajouta-t-il.

Tous les regards se tournèrent alors vers Ambre, la jeune Valcanienne aux traits aussi fins que déterminés. Elle avait maintes fois prouvé sa dextérité et sa maîtrise du combat, mais surtout, elle possédait une agilité sans égale.
- Ma sœur… Je suis de leur avis, dit Lyna d'une voix tremblante d'émotion. Tu es la plus compétente pour cette épreuve. Mais promets-moi de bien faire attention et de ne pas prendre de risques inutiles.

Ambre, le visage éclairé d'une fierté discrète, esquissa un léger sourire. Ses yeux reflétaient à la fois sa détermination et son affection pour ceux qui l'entouraient.
- Je vous promets de ne pas vous décevoir, répondit-elle avec assurance.
- Nous en sommes convaincus, confirma Mistralus, son regard brillant de confiance. Maintenant, rejoignons nos amis sur la grande place près du quai, là où les participants vont être présentés.

Ils se dirigèrent tous ensemble vers la place, traversant des rues bondées et animées par une foule en liesse. L'excitation était palpable dans l'air, et les cris de joie des habitants résonnaient sous le ciel azur. En arrivant, les Valcaniens furent frappés par la scène qui se déployait devant eux. Des centaines de personnes acclamaient les participants, et des drapeaux, représentant chaque famille inscrite aux joutes, flottaient au-dessus des barques amarrées. Chaque détail, chaque éclat de couleur, contribuait à l'euphorie collective.

Doum, le doyen des forgerons, grimpa sur une estrade pour prendre la parole. Sa voix retentit avec puissance, couvrant les clameurs de la foule.

- Je vous présente nos vingt valeureux participants, dit-il ! Parmi eux, notre amie et alliée, Ambre, rejoint l'équipe de notre championne en titre, ma fille, Sandra !

Un murmure d'approbation se répandit dans l'assemblée lorsque Sandra s'avança. Elle était impressionnante, avec son allure fière et son corps sculpté par des années de combats. Sa peau foncée luisait sous le soleil, héritage de sa mère, la défunte reine du Grand Sud. Malgré son allure de guerrière, son visage dégageait une douceur angélique. Le drapeau des forgerons, flottant dans le vent, portait d'ailleurs le visage de cette reine qui avait été tant aimée, symbole de l'amour indéfectible que Doum avait eu pour elle.

- Je vous rappelle les règles ! lança Doum en élevant la voix. Tour à tour, deux participants représentant chaque équipe s'affronteront. Le perdant sera éliminé, et le gagnant passera au tour suivant, jusqu'à ce qu'il ne reste que quatre finalistes. En finale, il n'y aura plus de familles, chaque participant combattra pour lui-même. Le dernier à rester hors de l'eau sera couronné nouveau champion des joutes. Voilà, tout est dit ! Profitez de ces jeux comme il se doit et rendez-nous fiers de nos traditions !

Les compétiteurs, dont Ambre, se présentèrent un à un devant leurs barques respectives. La jeune femme, bien que calme en apparence, ressentait une montée d'adrénaline mêlée à une pointe d'anxiété. Elle se plaça en fin de rang, préférant observer les premières passes pour mieux comprendre les stratégies et techniques de ses adversaires. La foule l'encourageait bruyamment, mais elle gardait son esprit focalisé sur l'épreuve à venir.

Doum, d'un geste théâtral, se tourna vers les Valcaniens, un sourire mystérieux aux lèvres.

- Nous ne sommes pas seulement les meilleurs forgerons du monde, dit-il, un éclat malicieux dans le regard. Nous sommes également des experts en explosifs de toutes sortes. Ne soyez donc pas surpris si le coup d'envoi des joutes n'est rien d'autre que l'explosion de cette barge que vous apercevez là, sur l'eau.

Un silence stupéfait suivit ses paroles. Les participants se raidirent légèrement, et Ambre jeta un regard rapide vers Lyna, Marius et Mistralus, qui restaient impassibles.

- Trêve de bavardages ! s'exclama Doum. Que la joute commence !

La tension monta d'un cran alors que tous les regards se tournèrent vers la barge en question, guettant l'instant où tout allait basculer. Ambre, malgré le stress, inspira profondément et serra la lance qu'on venait de lui remettre. Ses doigts tremblaient légèrement, mais son esprit restait clair. Elle savait que ce moment serait décisif, et elle était prête à donner le meilleur d'elle-même, non seulement pour ses compagnons, mais aussi pour honorer l'héritage des Valcaniens.

Le silence régnait sur la rive, et la concentration des participants atteignait son paroxysme. Après quelques secondes, la barge explosa et le relais commença. Les premiers affrontements furent brutaux, ce qui n'avait rien de rassurant pour Ambre. Les premières éliminations réduisirent les rangs de chaque famille, puis ce fut le tour de Sandra, la championne, qui ne fit qu'une bouchée de son adversaire en le faisant tomber à l'eau dès le premier coup. Ambre, impressionnée par ce combat, n'eut cependant pas le temps de se distraire, car son propre tour approchait. Elle n'était pas rassurée et avançait à petits pas vers son adversaire, qui, très confiant, fonça sur elle, le sourire aux lèvres. Ambre ferma les yeux. L'homme arrivait à grande vitesse, mais, étrangement, il se mit à glisser sur sa barque, incapable de retrouver son équilibre. Après plusieurs tentatives infructueuses pour se stabiliser, il finit par tomber à l'eau, et Ambre fut déclarée vainqueur. Pendant que la fille de Doum se trouvait au centre de toutes les attentions, Lyna en avait discrètement profité pour savonner la barque du premier adversaire d'Ambre. Mistralus, ayant remarqué le manège des deux sœurs, intervint pour leur demander d'arrêter cette fraude et de respecter les traditions de la Grande Île.

Un nouveau tour se joua et, après quelques affrontements, Ambre se retrouva face à un homme à la musculature impressionnante. La courageuse Valcanienne, qui croyait avoir gagné loyalement son premier duel, resta concentrée et se mit en position d'attention. L'homme tenta de porter un coup, mais Ambre réussit à l'éviter. À son tour, elle lui porta un coup au buste, mais l'homme demeura immobile, comme s'il n'avait rien senti. Ambre essaya à plusieurs reprises, mais en vain, l'homme ne bougeait pas d'un centimètre. Il tenta à nouveau de la frapper, mais la jeune femme esquiva chaque coup, portée par les encouragements de Marius et de Lyna. Agacé, l'homme prit son élan pour asséner un coup fatal. Au moment où la perche allait atteindre Ambre, celle-ci esquiva, laissant son adversaire emporté par son propre élan. Déséquilibré, l'homme perdit pied. Ambre saisit alors cette occasion pour frapper à nouveau le colosse, qui ne put faire autrement que de tomber à l'eau. Toute la foule applaudit, félicitant Ambre pour cet exploit. Il ne restait désormais plus que quatre participants pour la grande finale des joutes.

Ambre, déjà très heureuse d'être arrivée jusque-là, attendait avec attention le tirage au sort pour connaître son prochain adversaire, qui n'était autre que Sandra, la championne en titre. Les deux concurrentes échangèrent un léger sourire avant de monter à bord de leurs barques respectives. La joute débuta, et Ambre ne se laissa pas déstabiliser par les attaques répétées de Sandra. Elle tenta à son tour de faire tomber la championne, mais celle-ci parvint à contrer toutes les attaques de la Valcanienne. Le duel semblait interminable et devenait épuisant pour les deux vaillantes combattantes, qui commençaient à montrer des signes de fatigue. Ambre, tentant le tout pour le tout, enchaîna plusieurs attaques successives, ce qui fit reculer considérablement son adversaire. Mais il fallait s'en douter, c'était une ruse. Sandra cherchait à placer Ambre dans une position vulnérable. L'expérimentée championne profita de l'occasion pour porter un coup fatal aux jambes de la Valcanienne, qui chuta dans l'eau, éliminée.

Sandra aida ensuite Ambre à remonter sur le quai, puis prit son bras et le leva vers le ciel, honorant ainsi son beau parcours. La foule acclama le courage de la jeune Valcanienne, qui avait prouvé sa valeur.

La finale eut lieu, et Sandra remporta une nouvelle victoire, dominant haut la main son adversaire. Doum remit avec fierté le trophée à sa fille, une fois de plus championne du jeu de joute.

Doum s'approcha alors d'Ambre et de Lyna.

- Votre peuple peut être très fier de vous, dit-il aux deux sœurs.
- En tout cas, moi, je le suis, ajouta Marius.
- Mes amis, il me tient à cœur de vous faire visiter les forges à présent. reprit Doum. Je vous prie de me suivre.

Au bout du cap, se dressait un vieux moulin. Ce moulin cachait l'entrée d'une immense caverne où l'on forgeait les plus belles pièces de métal de ce monde. Les Valcaniens étaient époustouflés par la chorégraphie des forgerons en plein travail. Masses et enclumes frappaient en rythme, façonnant les métaux sortant de la lave en fusion.

- C'est ici que nous forgeons toutes nos armes, mais pas seulement, expliqua Doum en guidant les compagnons à travers les couloirs de la forge. Nos artisans sont capables de bâtir des structures pouvant soutenir des poids colossaux, comme nos bâtisses. Nous travaillons actuellement sur d'autres projets innovants, mais je ne peux pas en divulguer l'existence... Je suis déjà trop bavard. Nous vous apporterons l'aide nécessaire pour libérer votre ami, mais je ne peux mettre mon peuple en danger sans protection, surtout en ce moment. Je suis vraiment désolé, mais la pierre d'eau restera ici. J'espère que vous comprenez que, même si nous vous serons éternellement reconnaissants et que nous vous soutiendrons dans n'importe quelle bataille, la sécurité de mon peuple reste la priorité.

Ils arrivèrent dans la chambre des poudres, là où tous les explosifs étaient fabriqués. Doum montra un petit réveil.

- Regardez ce petit réveil… dit-il. Il a l'air inoffensif, n'est-ce pas ? Marius, règle-le sur onze heures cinquante-neuf et place-le dans la petite cavité devant toi. Maintenant, je vous invite à reculer de dix mètres et à vous boucher les oreilles.

Une fois l'aiguille arrivée à zéro heure, le petit réveil explosa, produisant une énorme détonation qui fit trembler les parois de la pièce.

- Ne sous-estimez jamais rien, mes amis, dit Doum, hilare, en observant la surprise des Valcaniens face à cette explosion.
- Trop cool, s'exclama Lyna. Je devrais en prendre un pour les matins difficiles.
- Je ne veux pas paraître impoli, dit alors Marius à Doum, mais mon meilleur ami est en danger. Quand est-ce que nous prendrons la mer, monsieur ?
- Je comprends ton impatience, jeune homme, répondit Doum. Tu as raison, il n'y a plus de temps à perdre. Ma fille et son équipage sont prêts. Nous allons vous préparer des vivres et des armes. Vous pourrez prendre la mer sans plus attendre.

- Merci pour tout, mon vieil ami, dit Mistralus. J'espère qu'après cette bataille, nous serons en mesure de vous réserver le même accueil chaleureux.

Le navire valcanien, voiles gonflées à bloc, semblait voler sur l'eau. Tous les passagers faisaient connaissance et une bonne humeur régnait à bord.

- Alors, c'est toi, l'héritier ? demanda Sandra en rejoignant Marius, resté seul sur le pont.
- C'est ce qu'on dit, répondit Marius. Toi, c'est Sandra… La grande championne…
- Ça va… Je voulais juste détendre un peu ce visage qui me paraît si triste. Désolée, je ne voulais pas être désagréable, dit Sandra.
- Non, c'est moi qui suis désolé. J'ai du mal à me détendre en ne sachant pas si mon ami va bien, répondit Marius.
- Nous allons le sortir de là, dit Sandra. Je te le promets.

Soudain, un des matelots annonça qu'il y avait un homme à la mer. Tout le monde se précipita à l'avant du navire pour voir ce qu'il se passait. Un radeau flottait à la surface, et un homme y était allongé sur le dos, immobile. L'un des for-

gerons lança alors une corde pour venir en aide au naufragé.
- Ne le sortez surtout pas ! cria Lyna en s'emparant de l'épée de Sandra pour couper la corde. Tous à vos positions de défense ! C'est un piège de pirates. J'ai étudié les différentes stratégies de la piraterie pendant mes études. Le radeau est le principal cheval de Troie qu'utilisent les pirates pour attaquer les navires de l'intérieur.
- Tu es sûre ? demanda Sandra.
- Si Lyna le dit, c'est que c'est vrai. Préparez-vous à vous battre ! ordonna Mistralus, d'une voix ferme et assurée.
- Il faut couler le radeau, car en dessous se cachent des hommes prêts à nous attaquer, ajouta Lyna avec conviction.

L'équipage s'exécuta immédiatement. Les forgerons, sous les ordres de Sandra, utilisèrent leurs outils et leurs armes pour retourner le radeau. Lorsque celui-ci se retourna, la vérité éclata au grand jour. Des pirates étaient effectivement dissimulés en dessous, prêts à monter à l'abordage. Dévoilés et vulnérables, les pirates furent rapidement maîtrisés par les forgerons.

Ces derniers, habiles et organisés, les attachèrent solidement au radeau avant de le pousser pour qu'il dérive au large, loin du navire. Les passagers du bateau, encore sous le choc de cette attaque déjouée, entourèrent Lyna, la remerciant chaleureusement d'avoir démasqué le piège.

- T'en sais des choses, ma grande sœur, dit Ambre en prenant Lyna par la main, admirative et reconnaissante.
- Vous êtes comme des éclats d'étoiles, jeunes filles. Chacune de vous détient une force magnifique. Mais une fois réunies, rien ne peut vous arrêter, dit Mistralus, ému par la complicité entre les deux sœurs.

Les deux sœurs échangèrent un sourire complice, renforcées par ces mots qui célébraient leur union et leur courage.

Après cette péripétie, le reste du voyage se déroula normalement. La mer, calme et apaisée, accompagnait le navire dans son avancée. Les voiles se déployaient sous un léger vent, portant le bateau sans effort à travers les flots tranquilles.

Lorsque le soleil se leva à l'horizon, le navire approcha enfin des côtes de Lacydon. La terre, encore embrumée par la fraîcheur matinale, se dévoilait doucement sous les yeux des passagers, promettant une nouvelle étape dans leur aventure.

- Terre en vue ! cria un marin posté en haut du mât, signalant à tous que l'arrivée était proche.

Chapitre 7
L'UNION FAIT LA FORCE

L'équipage se fit aussi discret que possible, avançant à pas feutrés pour ne pas attirer l'attention des pêcheurs qui avaient déjà commencé leur journée sur le port de Lacydon. Mistralus, soucieux et vigilant, redoutait que les hommes de Cristo n'aient placé des espions pour surveiller les arrivées de navires. Il était impératif que personne ne se doute qu'une opération de sauvetage se préparait pour libérer Teddy, retenu captif dans la mine. En longeant les murs de la vieille ville, l'équipage progressa silencieusement, se fondant dans les ombres des ruelles étroites. Finalement, ils arrivèrent devant l'ancien repaire des Valcaniens, leur sanctuaire. Mais à peine avaient-ils franchi le seuil qu'ils découvrirent, avec effroi, le lieu saccagé. Tout était en désordre, les meubles renversés, et les précieuses reliques avaient disparu, volées par des mains indélicates. Le choc fut immense.

Mistralus resta un moment silencieux, le regard dur, brûlant de colère. Pas un mot ne sortit de sa bouche. Ce coup dur pesait lourd sur ses épaules, mais il savait qu'il n'y avait pas de temps à perdre. Il tourna simplement la tête vers ses compagnons et, d'un geste, leur intima de le suivre sans poser de questions. Ils marchèrent à travers un dédale de ruelles, si étroites et sinueuses qu'elles semblaient appartenir à une époque lointaine, oubliée. Finalement, après quelques minutes, ils se retrouvèrent devant un bâtiment qui paraissait à peine tenir debout. Il s'agissait d'une vieille fabrique de savon traditionnel, bien connue des habitants de la cité.

- N'ayez crainte, mes amis, dit Mistralus d'une voix rassurante. Les apparences sont souvent trompeuses. Suivez-moi, et surtout, ne touchez à rien jusqu'à ce que nous soyons arrivés à destination.

Sans hésitation, le groupe entra à sa suite dans le bâtiment délabré. À l'intérieur, ils avancèrent dans un couloir sombre, où les murs décrépits semblaient sur le point de s'effondrer. Pourtant, une douce odeur de fleurs d'oranger flottait dans l'air, tranchant avec l'atmosphère du lieu. L'odeur enveloppait le groupe, presque apaisante, malgré la tension ambiante. Arrivés au fond du couloir, devant ce qui paraissait être un cul-de-sac, Mistralus s'arrêta et se tourna vers ses compagnons.

- Bouchez-vous les oreilles, dit-il calmement.

Tous obéirent sans discuter. Une fois assuré que tout le monde s'était exécuté, Mistralus prononça un code secret à voix basse. À peine eut-il fini que le mur face à eux glissa lentement sur le côté, dévoilant un passage caché qui donnait sur un escalier en colimaçon, descendant dans les profondeurs du bâtiment.

- Cet escalier mène à un vieux repaire abandonné depuis des décennies, expliqua Mistralus tout en commençant à descendre. Cette ancienne savonnerie me servait de base de repli lors du premier assaut de Donca. Peu de gens en connaissent l'existence, et c'est ici que nous pourrons préparer notre prochaine action sans être dérangés.

Les compagnons, curieux mais confiants, le suivirent dans les profondeurs. Le passage les conduisit à une vaste salle souterraine, autrefois un véritable refuge pour les résistants. L'endroit portait les marques du temps, mais semblait encore solide. Mistralus espérait que ce lieu secret pourrait leur offrir le répit nécessaire pour organiser leur prochain coup contre Cristo et ses sbires, afin de libérer Teddy.

Mistralus, observant la pièce désormais illuminée et fonctionnelle, soupira légèrement avant de se tourner vers ses compagnons.

- Personne ne connaît cet endroit, et pour être tout à fait honnête avec vous, je ressens une certaine tristesse à dévoiler cette cachette. C'est le dernier endroit sûr que je connaisse, dit-il avec une pointe de regret dans la voix.

Marius, comprenant la gravité de ses paroles, balaya la pièce du regard.

- Cela restera secret ! dit-il en fixant chacun des membres de l'équipage, attendant qu'ils acquiescent en silence à cette promesse solennelle.
- Nous te le promettons, Mistralus, mes soldats et moi. dit Sandra, en s'avançant à son tour, d'une voix ferme.

Rassuré, Mistralus se dirigea vers un vieux boîtier électrique recouvert de poussière, qu'il entreprit de bricoler. Après quelques manipulations, l'électricité revint, inondant la pièce d'une lumière crue qui dévoila une immense salle en désordre, recouverte de saleté et d'objets abandonnés. Sans attendre, chacun se mit à la tâche pour rendre l'endroit opérationnel. Lyna et Ambre prirent en charge l'organisation d'un espace stratégique où elles pourraient élaborer avec précision le plan d'attaque contre la mine. Pendant ce temps, Sandra et les forgerons, habiles de leurs mains, utilisèrent les vieux meubles trouvés sur place pour construire un dortoir fonctionnel. Leur efficacité et leur ingéniosité donnèrent naissance à un espace qui, malgré l'improvisation, semblait accueillant et prêt à recevoir.

De leur côté, Mistralus et Marius reçurent la mission plus délicate de sortir pour collecter des informations stratégiques. Ils devaient s'approcher de la mine sans se faire repérer. Après avoir longé les ruelles sans éveiller de soupçons, ils atteignirent leur objectif. Cachés à une distance sûre, ils observèrent les allées et venues des gardes, repérant les points d'accès et les faiblesses de la sécurité.

- Nous avons suffisamment d'informations, déclara Mistralus en jetant un dernier regard à la mine. À présent, tu dois apprendre à maîtriser tes pouvoirs à la perfection, Marius, si tu veux avoir une chance de tenir tête à Cristo et à son armée.

Les deux hommes se dirigèrent alors vers une vaste plaine désertique située en périphérie de Lacydon. Cet endroit isolé leur permettrait de s'entraîner loin des regards indiscrets.

- Maintenant, tu sais que même si les pierres te donnent une force exacerbée, expliqua Mistralus en se plaçant face à Marius, tu peux tout de même utiliser tes pouvoirs sans elles. Il est temps d'apprendre à les maîtriser pleinement. À toi de jouer, Marius !

Marius fronça les sourcils, un peu perplexe.

- Je ne sais absolument pas comment ça fonctionne. La dernière fois, c'est venu tout seul. Je suppose que mes émotions jouent un rôle, mais il faudrait encore pouvoir les contrôler…
- Tes émotions, dis-tu ? répondit Mistralus. Si ce sont elles qui déclenchent tes pouvoirs, alors il te suffit de les stimuler. Pense à un souvenir qui te met en colère, et voyons ce que cela donne.

Marius hocha la tête, se concentrant.

- La seule chose qui me met hors de moi en ce moment, c'est de savoir que Teddy est retenu captif à cause de moi, et que je n'agis pas.
- Concentre-toi là-dessus, encouragea Mistralus. Visualise cette colère. Maintenant, essaie de la canaliser, de l'extraire de ton corps pour la concentrer entre tes mains.

Marius ferma les yeux, suivant les instructions à la lettre. Peu à peu, une énergie rougeâtre se matérialisa entre ses paumes, crépitante et instable.

- Très bien! dit Mistralus enthousiaste et impressionné. Maintenant, projette cette haine vers ce rocher.

Marius se concentra et lança l'énergie avec force. Bien qu'il manqua sa cible de peu, c'était déjà un progrès considérable. Le rocher vibra sous l'impact, révélant le potentiel brut de Marius.

- C'est ici que le vrai travail commence, déclara Mistralus avec un léger sourire, satisfait des premiers résultats.

Pendant des heures, les deux compagnons s'entraînèrent sans relâche. Mistralus guida Marius pour perfectionner sa précision, essayant de lui apprendre à maîtriser d'autres pouvoirs qu'il ignorait encore.

Le soleil commençait à décliner lorsque Marius parvint à contrôler avec plus de finesse ses pouvoirs récemment découverts.

- Comment te sens-tu maintenant ? demanda Mistralus, curieux de connaître l'état d'esprit de son apprenti.
- Plus fort… Je me sens plus fort, répondit Marius, avant d'ajouter dans un souffle, mais aussi un peu effrayé par la bataille qui nous attend.
- La plus grande des forces, Marius, est celle qui te rend humain, dit Mistralus. Ta peur est naturelle, et sans elle, tu serais aveugle face au danger. Utilise cette crainte comme une source d'énergie pour stimuler tes émotions et orienter tes pouvoirs. La peur te rappelle ce qui est juste. Sans elle, il n'y a plus de distinction entre le bien et le mal. Allons, retournons auprès des autres. Ils se préparent eux aussi.

De retour au repaire, ils découvrirent que Lyna et Ambre avaient fini d'installer leur centre de contrôle. Tout était prêt pour lancer l'assaut contre la mine. Ce soir-là, tous se rassemblèrent autour d'un bon repas, savourant cette dernière soirée paisible avant la tempête qui se profilait à l'horizon.

Le lendemain matin, sous un ciel encore pâle, l'équipe entière se réunit autour de Mistralus, Lyna et Ambre pour entendre les derniers détails du plan. La bataille approchait, et chacun savait que le moindre faux pas pourrait être fatal.

- Mes chers amis, je vous demande quelques minutes d'attention, dit Mistralus d'une voix grave. Aujourd'hui est un jour très important pour l'avenir de notre communauté, car Ambre et Lyna ont mis en place une stratégie pour pénétrer dans la mine. Je vous laisse la parole, jeunes filles.
- Bonjour à tous, dit Lyna un peu timidement, son regard fuyant croisant celui des forgerons. Avec ma sœur, nous avons préparé un plan.

Un silence gênant s'installa soudainement dans la salle, interrompu par des ricanements venant du groupe de forgerons. Lyna, mal à l'aise, baissa les yeux, sentant son visage s'empourprer.

- Silence ! cria Ambre d'une voix sèche, coupant net les rires. Vous oubliez que sans ma sœur, vous seriez tous sur un radeau, au large, à attendre la mort. Alors, restons soudés si vous voulez que ce jour soit celui qui nous mènera vers la victoire !

Un nouveau silence tomba, plus pesant, mais cette fois, il fut suivi d'une ovation. Les mots d'Ambre semblaient avoir ravivé l'espoir et la détermination dans les cœurs. Les forgerons, bien que pris de court, acquiescèrent, conscients de l'importance de l'unité.

- Ils vont t'écouter maintenant, dit Ambre à sa sœur d'une voix plus douce, en lui adressant un sourire encourageant.

Lyna prit une profonde inspiration pour reprendre la parole avec un peu plus de confiance.

- Donc, comme je vous le disais, nous avons établi un plan d'attaque. Sa voix résonnait plus forte, plus assurée. Les forgerons, votre rôle est très important. C'est vous, grâce à votre expérience, qui mènerez l'assaut principal sur le front. Vous monopoliserez l'attention des gardes, ce qui permettra à Marius et Mistralus de pénétrer dans la mine sans se faire remarquer.

Lyna marqua une courte pause, s'assurant que tous suivaient ses instructions.

- Une fois dans la mine, vous devrez être aussi discrets que possible afin de trouver l'endroit où Cristo tient prisonnier Teddy. Pour vous aider, j'ai retrouvé une Bakaya qui vous sera très utile. C'est une carte qui vous mène directement vers une personne dont le nom doit être inscrit au dos. Une fois Teddy retrouvé, Mistralus le ramènera en sécurité, pendant que toi, Marius, tu descendras dans la cavité souterraine la plus profonde de la mine.

Lyna s'arrêta de nouveau, son regard se faisant plus sérieux.

- D'après les informations que nous avons pu recueillir, c'est là que Cristo se cacherait en cas d'attaque. Ta mission sera de le neutraliser et de récupérer toutes les pierres en sa possession

Les yeux des forgerons se plissèrent sous l'effet de la concentration tandis qu'ils écoutaient attentivement chaque mot de la jeune femme. Le plan était risqué, mais Lyna parlait avec la force de celle qui sait que la victoire est possible.

- Une fois l'armée de Cristo neutralisée, il faudra trouver un moyen de rompre la magie de la pierre de persuasion, continua-t-elle. Cette pierre qu'il a utilisée pour manipuler l'esprit des hommes et des femmes qui composent son armée.

Elle se tourna ensuite vers Ambre qui, jusque-là, se tenait silencieuse à ses côtés.

- Nous vous attendrons avec Ambre à la sortie de la mine pour secourir les éventuels blessés et attendre le retour de Mistralus et Teddy. Maintenant, si tout le monde est prêt, nous pouvons y aller.

Tous échangèrent un dernier regard avant de se préparer pour ce qui pourrait bien être le dernier assaut. Chacun savait que l'issue de cette mission déterminerait non seulement leur survie, mais aussi celle de toute leur communauté.

Le bataillon mené par Marius, se mit en route pour la mine de Cristo. L'atmosphère était tendue, mais chacun d'eux avançait avec détermination, bien conscient de l'importance de cette mission. Arrivés devant l'entrée massive de la mine, les forgerons prirent position, prêts à lancer leur assaut contre les gardes de Cristo, tandis que Mistralus et Marius se préparaient à pénétrer discrètement dans les souterrains.

L'armée de Sandra, avançant d'un pas décidé, approchait des gardes de Cristo, qui, pour le moment, ne se doutaient de rien. Tout se déroulait selon le plan, et la surprise était encore de leur côté. Soudain, sans crier gare, Sandra lança l'assaut. Les forgerons se ruèrent en avant, frappant avec force et rapidité. Les gardes, pris de court, n'eurent même pas le temps de riposter efficacement. Les forgerons, usant de leur force brute, obligèrent les gardes à ouvrir la porte principale de la mine.

À peine avaient-ils franchi cette première barrière qu'une nouvelle vague de gardes surgit de l'intérieur pour les affronter. Une nouvelle bataille s'engagea, mais cette fois-ci, la résistance était plus féroce. Après plusieurs minutes de combats acharnés, Sandra et son armée prirent peu à peu l'avantage. C'est à cet instant précis que Marius et Mistralus profitèrent du désordre ambiant pour s'infiltrer discrètement dans la mine, à l'abri des regards. Ils progressèrent silencieusement dans les sombres tunnels, suivant attentivement la carte que Lyna leur avait fournie. Chaque pas résonnait dans l'air lourd des souterrains, et leurs sens étaient en alerte, conscients du danger qui pouvait surgir à tout moment.

- D'après la carte, Teddy ne doit plus être très loin, murmura Marius à voix basse, essayant de discerner leur chemin dans la pénombre.
- Nous devons rester vigilants, répondit Mistralus sur le même ton. Il est sûrement sous surveillance.

Marius acquiesça avant de désigner une petite grotte en contrebas.

- Regardez. Là-bas. Il est dans cette cavité, attaché par des chaînes à un réservoir d'eau. Mais il est sous la surveillance de deux gardes
- Nous ne devons pas leur faire de mal, répondit Mistralus. Ils ne sont pas eux-mêmes. Cristo les manipule avec la pierre de persuasion. Nous ne pourrons les libérer de son emprise qu'une fois que nous aurons neutralisé Cristo et brisé la magie de la pierre.

Marius fronça les sourcils, cherchant une solution. Soudain, une idée lui traversa l'esprit. Il se

souvint de la "balle folle" qu'il avait dans sa poche.
- Je vais lancer la balle dans le tunnel, chuchota-t-il, un sourire esquissant ses lèvres. Cela attirera l'attention des gardes. Il faudra agir vite avant qu'ils ne se rendent compte que ce n'est qu'une simple diversion.

Sans perdre de temps, Marius lança la balle dans le tunnel. Celle-ci rebondit frénétiquement sur les parois, provoquant un écho résonnant qui attira immédiatement l'attention des gardes. Intrigués, ils s'éloignèrent de Teddy pour enquêter sur la source du bruit. Saisissant cette opportunité, Marius se précipita vers son ami pour tenter de le détacher. Cependant, il réalisa rapidement que les chaînes qui retenaient Teddy étaient solidement cadenassées au réservoir d'eau

- La seule façon de le libérer est de renverser le réservoir, murmura-t-il à Mistralus, la voix tendue par l'urgence de la situation. Mais cela fera beaucoup de bruit, et les gardes reviendront aussitôt. Mistralus, j'ai besoin de votre aide, implora Marius en s'efforçant de trouver une solution. Je ne pourrai pas y arriver seul.

- Teddy doit se réveiller rapidement pour ne pas être blessé par la chute du réservoir, dit Mistralus en hochant la tête.
- Il semble vraiment étourdi, répondit Marius en secouant légèrement Teddy pour essayer de le faire émerger de son état de faiblesse.
- Marius... mon ami... murmura faiblement Teddy, la voix à peine audible. Je suis désolé...
- Tu n'as pas à l'être, répondit Marius en serrant son épaule. Reste silencieux et essaie de te décaler un peu vers la droite, loin du réservoir.
- Êtes-vous prêt ? demanda Marius, se tournant vers Mistralus.

Mistralus prit alors une grande inspiration.

- Oui, je pense... répondit-il. Un... Deux... Maintenant !

Ensemble, ils firent basculer le réservoir avec force. Le fracas résonna dans tout le tunnel, provoquant un véritable raz-de-marée d'eau qui se déversa dans la mine. L'onde de choc se propagea rapidement, emportant les gardes qui revenaient en courant, alertés par le bruit. Ce torrent soudain facilita la fuite des trois compagnons, qui profitèrent du chaos pour se glisser discrètement hors de la grotte.

Marius, veillant sur Teddy affaibli, l'aida à marcher jusqu'à la sortie de la mine, où Ambre et Lyna les attendaient avec impatience. Mistralus les suivait de près, les yeux scrutant constamment les ombres, prêt à toute éventualité. Une fois ses amis en sécurité, Marius, bien qu'épuisé, savait que sa mission n'était pas encore terminée. Il jeta un dernier regard vers Teddy, puis fit demi-tour, se préparant à plonger à nouveau dans les entrailles de la mine, déterminé à trouver Cristo.

Alors qu'il s'apprêtait à repartir, Mistralus posa une main sur son épaule.

- Pour reprendre la pierre de persuasion à Cristo, tu auras peut-être besoin de ceci, dit-il en glissant discrètement dans la poche de Marius une pierre aux reflets étoilés. C'est une pierre d'étoile. Elle pourrait s'avérer cruciale.

Mistralus lui murmura quelques instructions importantes à propos de cet objet mystérieux avant de lui souhaiter bonne chance. Marius hocha la tête, empli de détermination, et s'enfonça de nouveau dans les tunnels sombres, prêt à affronter son destin. La carte qui aurait pu aider Marius à localiser Teddy était trempée à cause du réservoir renversé. Marius évoluait donc à l'aveugle dans ce labyrinthe sombre, ne sachant quel chemin emprunter. La panique l'envahit peu à peu, car il ne se souvenait même plus par où il était arrivé, tant les tunnels se ressemblaient tous. Il repensa alors aux pouvoirs qui le liaient aux pierres et se concentra pour en ressentir l'énergie. Peu à peu, une intuition se manifesta en lui, le guidant à travers les couloirs de la mine.

Finalement, il parvint dans une grande grotte, éclairée par des centaines de bougies. Cette grotte ressemblait à l'intérieur d'un château creusé dans la roche, avec ses parois scintillantes sous la lumière vacillante des flammes. Au centre de la pièce principale, une grande table ronde trônait, entourée de cinq chaises majestueuses. Marius avança lentement, car, pour le moment, il ne voyait pas Cristo, mais il aperçut un coffre derrière la table.

S'approchant du coffre, il espérait y trouver les pierres et le grimoire. Cependant, en l'ouvrant, il s'aperçut avec désespoir que le coffre était vide. Soudain, une voix familière brisa le silence, pleine de sarcasme.

- Marius... Tu en as mis du temps, mais pour être honnête, je ne pensais pas que tu aurais eu le courage de venir te jeter dans la gueule du loup, dit Cristo, qui apparut dans la pénombre, les deux pierres fièrement brandies dans sa main droite. Il va se passer quoi maintenant ? J'aimerais bien voir comment tu vas faire pour t'emparer des pierres. Car je ne sais pas si tu te rappelles, mais tu ne peux utiliser tes pouvoirs, dit-il en brandissant la pierre de protection absolue.

Marius scruta tout autour de lui, mais rien de ce qui l'entourait ne semblait pouvoir l'aider.

- Tu n'es pas obligé de faire ça, dit Marius. Tu peux encore faire machine arrière. Ton armée est déjà neutralisée au moment où je te parle, tu n'as aucune issue. Le seul moyen pour toi de sortir d'ici serait de posséder cette pierre.

Il brandit alors la pierre que Mistralus lui avait donnée plus tôt.

- Tu as déjà entendu parler de ce fragment d'étoile ? Elle se nomme la pierre d'horizon. Son pouvoir est immense, elle permet à son détenteur d'être transporté instantanément à l'endroit où il souhaite, juste en pensant à un lieu précis. Le seul inconvénient, comme avec les Bakayas, est que l'on ne peut l'utiliser qu'une seule fois par jour. Ma proposition est la suivante, je t'échange tes pierres et le grimoire de Baume contre cette pierre qui, à mon sens, est la plus puissante de toutes.

- La pierre d'horizon, tu dis ? demanda Cristo, intrigué mais séduit par le pouvoir extraordinaire qu'elle semblait renfermer. Je n'en ai jamais entendu parler jusqu'à aujourd'hui. Laisse-moi réfléchir. Montre-moi comment ça fonctionne.
- Si je te montre, tu ne pourras plus t'en servir aujourd'hui, répondit Marius, conscient des enjeux. Écoute, je pense que c'est un échange plus que raisonnable. Je te demande également de ne plus jamais revenir à Lacydon.
- Tu demandes beaucoup de choses, je trouve... répondit Cristo. Mais cette pierre... Je suis d'accord, donne-moi la pierre et je disparaîtrai en te laissant ce que tu me réclames.

- Non, pose les pierres de ton côté de la table et je ferai de même, insista Marius. Ensuite, nous changerons de côté en même temps pour récupérer nos pierres.

Cristo posa les pierres sur son côté de la table ronde et Marius fit de même. Tous deux avancèrent avec méfiance lentement vers l'autre côté de la table. Soudain, Cristo se précipita vers la pierre dans une tentative d'évasion. Mais au moment où il essaya d'utiliser la pierre, rien ne se passa. La confusion se peignit sur son visage alors qu'il tentait à nouveau, sans succès.

- Pourquoi ça ne marche pas ? demanda-t-il, affolé.
- Je ne sais pas, répondit Marius, je ne m'en suis jamais servi.

La panique s'empara de Cristo, qui fit apparaître le grimoire. Il n'eut pas le temps de réagir que Marius tenta d'utiliser la pierre de persuasion. Cristo commença à lire une formule qui créa une énorme secousse, faisant trembler toute la mine. Des rochers se mirent à se décrocher, et un nuage de poussière envahit la grotte pendant que le plafond menaçait de s'écrouler.

Alors que le nuage se dissipait légèrement, Marius remarqua que Cristo et le grimoire avaient de nouveau disparu. Ni une ni deux, il saisit les pierres et courut aussi vite qu'il le pouvait dans le tunnel de la mine, se dirigeant vers la sortie avant que tout ne s'écroule. À l'extérieur, Mistralus et les autres compagnons assistaient, impuissants, à l'effondrement de la mine, incapables d'agir pour aider Marius à s'en sortir sain et sauf. L'entrée était complètement bloquée par des rochers, et un long silence s'installa, car Marius n'avait pas réussi à sortir à temps de la mine.

Après quelques instants, un léger bruit se fit entendre, puis celui-ci devint de plus en plus fort. Tout à coup, les rochers qui bloquaient l'entrée volèrent en éclats, accompagnés d'un nuage de fumée. C'était bien Marius, qui, grâce à la pierre de protection absolue, réussit à s'extirper de cet enfer. Tous l'entourèrent dans un élan de joie.

- Tu as réussi, Marius ! dit Lyna, les yeux pétillants d'admiration.
- Rien de cassé ? demanda Ambre, ayant du mal à cacher sa joie.

- Bravo, mon garçon, dit Mistralus. Je vois que tu as pu récupérer les pierres. Tout va rentrer dans l'ordre à présent. Et Cristo ?
- Il est encore dans la mine, lui et le grimoire. Je suis désolé, dit Marius. C'est lui qui a déclenché cet effondrement, mais malheureusement, je pense que ça lui a été fatal. J'ai également perdu la pierre d'horizon, mais c'était le seul moyen de pouvoir récupérer les autres pierres.
- Ce n'est pas si grave, mon jeune ami, répondit Mistralus.
- Mais vous m'avez dit que c'était la pierre la plus puissante, dit Marius, étonné.
- L'important était que tu y croies pour être persuasif. Cela n'a jamais existé, ce n'était qu'un simple caillou..., dit Mistralus, esquissant un léger sourire à Marius.
- Vous voulez dire que... demanda Marius, troublé.
- Exactement, jeune homme, répondit Mistralus.

Sans perdre une seconde, Marius utilisa alors la pierre de persuasion pour briser le sortilège qui contrôlait les hommes de l'armée de Cristo. Ils retrouvèrent aussitôt leurs esprits, comme s'ils émergeaient d'un long cauchemar. Mistralus leur expliqua alors la mésaventure qu'ils venaient de vivre, tandis qu'Ambre, Lyna et Marius se rapprochaient de Sandra et des forgerons pour les remercier de leur aide si précieuse.

- Grâce à votre unité, nous avons pu sauver Teddy et les pierres d'étoile, dit Marius aux forgerons. Je saurai me souvenir des valeureux soldats de la Grande Île et de leur meneuse si courageuse. Merci du fond du cœur.

C'est sous le signe de la joie et de la gratitude que tout le monde quitta la mine, unis par un sentiment d'accomplissement et d'espoir pour l'avenir.

Chapitre 8
UN RENOUVEAU

Le soleil se couchait majestueusement sur la baie de Lacydon. Marius, entouré de ses compagnons, regardait l'horizon avec une nostalgie mêlée de soulagement. À ses côtés, Ambre, Lyna et Mistralus se tenaient sur le quai, prêts à dire au revoir aux valeureux forgerons de la Grande Île. Le moment était empreint d'émotion, chaque regard, chaque geste chargé de fraternité. Sandra, observait silencieusement la scène, laissant couler quelques larmes discrètes sur ses joues. Le poids des derniers événements pesait lourd sur chacun, mais l'espoir d'un avenir meilleur illuminait les cœurs.

- Je te remercie encore, dit Mistralus à Sandra, la voix encore empreinte de la bataille récente. Dis à ton père que ma gratitude envers lui, toi et votre peuple est immense. Une fois que nous aurons reconstruit notre repère, je

vous accueillerai avec les honneurs que vous méritez.
- Je n'y manquerai pas, Mistralus, dit Sandra, essuyant ses larmes. Longue vie au peuple de l'Étoile et aux Valcaniens !

Les derniers adieux furent échangés alors que le navire quittait lentement le port, ses voiles gonflées par le vent du sud. Le groupe regardait avec admiration et gratitude le départ de ses amis qui, malgré les épreuves, étaient toujours restés fidèles. Une ère de renouveau semblait s'ouvrir pour eux tous.

De retour au repère qui avait été saccagé, il était temps de panser les plaies, de réparer ce qui avait été brisé. L'atmosphère était pleine de détermination et chacun savait qu'il devait à présent contribuer à la reconstruction, à la renaissance de leur communauté. Mistralus rassembla tout le monde dans la grande salle du conseil, où les murs portaient encore les traces du saccage subi. Les Bakayas furent remis une à une à leur place, sur les étagères. Les pierres scintillaient sous la lumière tamisée, leur aura mystérieuse imprégnant l'atmosphère.

Mistralus, supervisant les opérations, hocha la tête avec satisfaction. Il se tourna vers Marius, qui observait en silence.

- Chaque Bakaya a retrouvé sa place, déclara Mistralus d'une voix apaisée. Leur pouvoir est à nouveau en sécurité. Nous devons nous assurer que plus jamais quelqu'un comme Cristo ne pourra les manipuler à son avantage

Marius acquiesça, le regard sombre. Il savait que leur mission n'était pas totalement achevée. Malgré la disparition de Cristo, le danger pouvait toujours revenir, et la protection de ces pierres resterait une priorité absolue.

- Qu'allons-nous faire maintenant ? demanda Ambre en s'approchant de Mistralus.
- Nous allons renforcer les défenses autour de ce repère, répondit-il calmement. Et en attendant, nous devons informer nos alliés lointains de ce qu'il s'est passé ici. Chacun doit être préparé à faire face à ce genre de menace. Pour l'instant, profitons de cette victoire. Nous avons mérité un moment de paix et j'aimerais faire une annonce.

Mistralus monta alors sur une marche surélevée, dominant légèrement l'assemblée, afin que tout le monde puisse le voir et l'entendre. Le silence se fit progressivement, et tous les yeux se tournèrent vers lui.

- Mes amis, un instant d'attention s'il vous plaît, dit-il, sa voix résonnant avec gravité dans l'espace. Nous venons de traverser l'une des épreuves les plus dures de notre histoire. Cette bataille nous a rappelé une vérité amère, les erreurs du passé peuvent revenir hanter le présent. Les ténèbres peuvent resurgir à tout moment, dit-il, les yeux perçant chaque visage.Mais je veux féliciter chacun d'entre vous. Vous avez montré un courage sans faille, digne de l'héritage de nos ancêtres. Vous êtes tous de fiers représentants du peuple valcanien, et je suis honoré de vous appeler mes compagnons, mes amis, ma famille.

Il marqua une pause, laissant le poids de ses mots pénétrer l'âme de chacun.

- Je voudrais maintenant mettre en lumière deux personnes particulières. dit Mistralus en regardant Ambre et Lyna, qui se tenaient modestement à l'écart. Vous deux, vous avez fait preuve d'un courage exceptionnel, un courage que peu d'entre nous auraient su égaler. Vos parents seraient extrêmement fiers de vous. Pour ma part, je le suis, et plus encore. Je vous considère comme mes propres enfants. Vous avez travaillé main dans la main pour défendre cette communauté, et cela me remplit de joie et d'espoir pour l'avenir de notre peuple.

Les yeux des deux jeunes femmes s'embuèrent de larmes silencieuses tandis que l'assemblée écoutait dans un respect total et une émotion palpable.

- Après avoir consulté les autres membres du Conseil, reprit Mistralus après un instant de silence, je vous nomme aujourd'hui Grandes Guides Valcaniennes. Vos compétences, votre sens de la justice et votre amour pour ce peuple assureront sa prospérité pour les générations à venir.

Il sortit alors deux clés d'argent, brillantes, ornées de symboles anciens.

- À ce titre, je vous remets ces clés, symboles de votre nouvelle responsabilité. Elles ouvrent les portes du nouveau repère que nous allons construire ensemble. Ambre, tu es la plus courageuse d'entre nous, et nous sommes fiers de t'avoir comme représentante et gardienne. Pour toi, Lyna, ce sera aussi un retour à tes racines, puisque nous allons réhabiliter ta librairie. Ce lieu n'est pas seulement un refuge, il sera le cœur de la culture et du savoir valcanien. C'est là que tu continueras d'aider nos jeunes à grandir et à comprendre ce monde en perpétuel changement tout en continuant de vivre ta vie comme tu le souhaites.

Lyna, touchée par cet honneur, baissa humblement la tête tandis que Mistralus continuait.

- Le monde a changé, c'est vrai, et l'isolement ne nous protège plus comme avant. Parfois, il est même notre plus grand ennemi. Merci de nous avoir rappelé cette leçon de vie, Lyna.

Enfin, Mistralus se tourna vers Marius.

- Quant à toi, Marius, tu as prouvé que tu étais prêt à endosser le poids de ton héritage. Nous sommes ta famille, et même si nous n'étions pas toujours présents à tes côtés, sache que nous avons veillé sur toi depuis

toujours. Les épreuves que tu as traversées ne t'ont pas brisé, bien au contraire. Elles t'ont rendu plus fort.
Le regard de Mistralus s'assombrit légèrement.
- Les êtres malveillants ne sont jamais très loin. Notre devoir, désormais, est de veiller à ce que la paix perdure. C'est un engagement que nous devons tenir pour le bien de tous.
Le discours terminé, une vague d'applaudissements remplit la salle. Mistralus s'approcha alors de Marius pour glisser discrètement dans une de ses poches, une petite fiole qui contenait du nectar d'amnésie.
- Il y a certaines choses qui ne changeront pas. dit discrètement Mistralus à l'oreille du jeune héritier. La sécurité des Valcaniens et du peuple de l' étoile, impose le secret de notre existence. Ton ami Teddy doit oublier que nous existons.
Marius comprit qu'il n'aurait pas le choix. L'émotion était palpable, mais déjà, chacun retournait à sa tâche. Lyna et Ambre se dirigèrent vers la librairie, prêtes à remettre ce précieux sanctuaire en ordre.

- Tu sais, grande sœur, commença Ambre, son regard posé sur les étagères de livres poussiéreux, au final, tu avais peut-être raison. Notre peuple et la magie qui l'entoure apportent beaucoup de complications, mais c'est aussi cette magie qui nous unit et qui fait que nous sommes plus forts aujourd'hui. Nous avons chacune trouvé notre place sans renier qui nous sommes.

Lyna sourit en réarrangeant un livre sur une étagère.

- Je dois te l'avouer, il m'arrivait de m'ennuyer tellement que je me lançais dans des enquêtes absurdes, comme retrouver des trombones perdus, dit-elle en riant doucement. Mais aujourd'hui, je me sens enfin complète. J'ai trouvé un équilibre. Et toi, petite sœur, tu m'as manqué, tu m'as manqué.

Ambre la taquina d'un sourire en coin.

- Tu te rends compte que tu répètes encore tes phrases ?

Lyna leva les yeux au ciel en riant.

- C'est juste une manière de parler, arrête avec ça !

- Bizarre quand même, répondit Ambre, taquine.
- Allez, c'est reparti, soupira Lyna avec un sourire indulgent.
- Perroquet, perroquet..., chantonna Ambre en rigolant, tandis que Lyna l'ignorait joyeusement.

Pendant ce temps, Marius et Teddy observaient le magnifique coucher de soleil sur le port. Le silence entre eux n'était pas lourd, mais empreint d'une complicité retrouvée.

- Sois patient, mon ami, dit Marius en regardant l'horizon. Dans quelques mois, tu me rejoindras, je te le promets.

Teddy, assis à côté de lui, hocha la tête avec un sourire nostalgique.

- Tu passeras me voir, au moins ?

Marius éclata de rire.

- Bien sûr, mais par pitié, range ta curiosité pour un moment.

Teddy secoua la tête, amusé.

Marius se tourna vers lui, un air pensif sur le visage.

- On a vraiment traversé des moments fous, pas vrai ? dit Teddy.

Marius resta silencieux un moment, l'air préoccupé, jouant nerveusement avec la petite fiole cachée dans sa main.
- Oui… C'est vrai. On a traversé tellement de choses. répondit Marius pensif.
- Ça va ? Il y a quelque chose qui ne va pas ? demanda Teddy, inquiet.
- Il y a quelque chose que je dois te dire… ou plutôt te montrer. répondit Marius, en montrant lentement la fiole, la tenant devant lui.
- Qu'est-ce que c'est que ça ? demanda Teddy, en fronçant les sourcils.
- C'est une potion que Mistralus m'a donnée. Elle est faite pour… effacer la mémoire. Ta mémoire. répondit Marius, en soupirant profondément.
- Ma mémoire ?! Pourquoi tu as besoin de faire ça ? s'exclama Teddy, choqué.
- Mistralus pense que tu en sais trop. Ce que tu as découvert pourrait mettre en danger… notre peuple. Il croit que la seule solution est de te faire tout oublier, pour te protéger, et pour nous protéger. Mais… tu es mon meilleur ami, et je veux te faire confiance. expliqua Marius avant de se lever.

Il leva alors la fiole, la tenant au-dessus du port. Ses yeux croisèrent ceux de Teddy, et dans un geste déterminé, il ouvrit le flacon et en versa lentement le contenu dans l'eau.

Les deux amis restèrent un moment silencieux, côte à côte, tandis que les dernières traces de la potion disparaissaient dans l'eau sombre du port.

À cet instant, un frisson parcourut Marius, un sentiment qu'il n'avait pas ressenti depuis le jour où Ambre était venue le chercher à l'orphelinat.

Il tourna la tête, son regard fouillant l'ombre des ruelles. Une silhouette, à peine visible, disparut dans l'obscurité, laissant derrière elle planer un parfum de mystère.

© 2025 Benoit Mattei
Édition : BoD · Books on Demand,
31 avenue Saint-Rémy, 57600 Forbach,
bod@bod.fr
Impression : Libri Plureos GmbH,
Friedensallee 273, 22763 Hamburg
(Allemagne)
ISBN : 978-2-3225-6142-1
Dépôt légal : Mars 2025